滄海叢刊

思想起

陌上塵著

1980

東大圖書公司印行

中華民國六十九年十月初版

思想起

基本定價叁元

著作者 陌上塵
發行人 莊剛彰
出版者 東大圖書有限公司
總經銷 三民書局股份有限公司
印刷所 東大圖書有限公司
臺北市重慶南路一段六十一號二樓
郵政劃撥一〇七一七五號

行政院新聞局登記證局版臺業字第〇一九七號

寫小說的種子（代序）

李喬

陌上塵最初以詩人身份出現文壇，立志寫小說是近一年來的事；我與之結識也在這個時候。一年後的今天，他的第一部小說集就要問世了，令人欽佩又愉快。

記得在和陌上塵一場暢談後，我就私下認定：這個人是「寫小說的種子」。依自己近二十年來摸索的經驗，我認為具備三種條件的人，適合於寫小說：一、生長歷程挫折多，環境複雜；童年裏埋下許多扭曲、痛苦、破碎記憶的人。這是想像力的因子，一個人所以能寫作的心理基礎。二、是對大衆的關切，對廣大人羣，甚而對整個存在界的大愛。個人的愛恨需求畢竟有限，不難獲得滿足或解決，但廣大有情界就非隻手可回天了。然則生而為人豈能獨善為足？這是創作上良心的逼力。三、是對大地的鄉愁（有人誤會我指的，衹是對鄉土之愛而已），我們來自大地，將來也要回歸大地；人有追求生命來源的本能，生命的歷程，就是與母體分離、運行、歸回母體的過程。而這個過程充滿荒漠、痛苦、孤獨。它是產生藝術的根本勢力，更是創作臻至最高境界的因素。

當然以上所提「條件」，在每個人身上都與生俱備，所差異的祇是「量」的不同而已。拿這個標準來衡量陌上塵，我獲得肯定的答案。換言之，他的生長歷程，他對人生、生命的看法與態度，還有他的性格，已然註定他是寫小說的種子。

收集在「思想起」一集的十篇中短篇小說，是作者一年多以來小說創作的全貌，也是迄今所寫小說的全部。據許多行家的看法，從作者的第一篇小說，大致可以看出此人文藝生涯的大概來；「思想起」一集中，包括作者的諸多面貌，所以由這本處女集來展望作者的創作行程，大概是相當可靠的吧。

讀陌上塵的小說，第一個感受是：全無編故事的痕迹。這並不是說，他寫的小說不動人，而是他筆下的故事情節，大都採諸事實上曾經發生過的事物。這是作者已然超越強說愁的年齡才寫小說，而又對社會抱持強烈關心的胸懷使然。

因而陌上塵的小說，最突出的風格是：映現極濃的社會性和時代性。集中十篇作品，有九篇是直接描摹社會變遷中，人性諸相的。「旦」藉一身世淒涼女子的一生，為台灣社會三十年變遷作一掠影；「抉擇」寫宗教信仰與婚姻生活的衝突與調和；「艷紅」寫妓女的義行；「斷指」和「風神一百」寫時下賭博和機車狂馳的為害；「剃頭旺」和「思想起」寫時代行程不可抗拒的悲哀；「野宴」寫工商社會中，年輕夫婦婚姻生活的隱秘；「逝」寫的是作者最直接的經驗：藉一個工人「意外」傷亡，反映其中的黑暗與無奈；「杜鵑開在河塘裏」：這是作者異色的作品，以精細分析的手法，解剖青少年的性心理，算來也是頗具社會意義的作品。

由於取材方向的關係，陌上塵的作品，難免透出生命無奈，人間淒苦的調子與色彩。但是作者隱藏在作品後面的，堅忍而充滿悲憫的心，使作品的調子得以迂迴上昇，色彩浮顯暖意；使讀者在悲嘆落淚之後，仍然覺得人間是溫暖的，生命還是可以有救的。中篇「旦」，是聯合報六十八年度徵文晉入決選的作品，曾在紐約「世界日報」連載三十七天，可以說是作者的成名作。「旦」的題材，取自三十年前台灣中部一名酒女的事迹。其中寫到台灣養女制度，歡場辛酸，土地制度，社會變遷，另外還涉及中日之間的國仇家恨和兒女私情。由這篇作品中，可以看出作者處理複雜情節的能耐。最難得的是，作者把女主角「細妹」(就是傳說中的「阿細狗」)中老年後的心靈淨化了，自然也提升了「旦」的內涵。作者認為「人生本如一齣戲，每個人都在戲中扮演不同的角色；生、旦、淨、末、丑。」而「旦」又有「玉旦」「花旦」「苦旦」「老旦」之分，或者也可以說是一種遮遭。作者倘能深切地進入作品中淒苦無奈的世界，而又能這樣脫出，且以冷靜理智之眼以對大千世界，那就是他的文學大成之日吧。

當然，這是作者的第一本書，不能過份求全責備；例如小說章法特性的把握，語言文字的鍛鍊，人物塑造等都還要苦苦修行才好。尤其語言文字的鍛鍊一項，對作者而言，我以為是「陌上塵文學」是否能夠在文壇佔一席之地的主要關鍵。

另外一點意見是：「思想起」和「野宴」二作，可能是陌上塵的兩枝觸鬚。前者寫來很苦，而且知音不會太多，但那是本格純淨的小說大道；後者趣味盎然，掌聲必然不少，但容易趨於低俗，不過「成名」較快。生、旦、淨、末、丑，何去何從？這一點祇有由作者自己抉擇了。

思想起 目次

旦

人生猶如一齣戲，每個人扮演的角色都不盡相同，生、旦、淨、末、丑。讓我們從「旦」開始登場……。

這裏是鎮民們最終歸宿的地方。無際的山丘上，擠滿了高高低低層層疊疊的新墳舊墓；山氣氤氳，菅花灰白中倍增幾許淒涼。

通往公墓的小徑蜿蜒盤桓在斜坡上，兩旁遍佈野草，間或也有野花點綴其間，花紅葉綠却也形成一種景觀。

順着小徑步行約兩分鐘光景，一座低矮破舊的小屋依山而立，屋宇因爲年久失修，破牆碎瓦似乎再也經不住狂風暴雨的侵襲。根據老一輩鎮民們的記憶，這棟小屋在他們年歲尚幼時即已存在，而小屋數度易主之後，再住進一位老婦時，他們也已年過半百了。

從此以後，老婦孤寂的守在小屋裏，路經此處的人們多半只能看見老婦的背影。晨起，老婦背對着朝陽梳頭，晚來，面向山邊的夕陽，目送一天的逝去。歲月在老婦疏落的髮隙間溜去，夜夜除了山風的咻咻之外，伴她的衹有酆都城裏的鬼魂們吧。

老婦的生活如何，一如老婦成謎的身世那麼讓人百般不解。惟一可以預知的是小鎮該是老婦一生的歸宿。

歲月依然在老婦疏落的髮間溜逝，日日老婦依然晨起背對朝陽挽髮髻，晚來目送夕陽下山崗，夜夜與鬼魂爲伴。

忽然，一連數天路經小屋的鎮民們，不再看見老婦熟悉的背影。又隔了數天，鎮公所派人將小屋緊緊地釘上幾塊木板，從此老婦遷離了小屋，墓園多了一座新塚，老婦那張神秘的臉，除了殯儀舘的工作人員外，沒有其他人看見過；他們所了解的，完全是經由殯儀舘工作人員的描繪傳述。

傳說，老婦的臉，得了梅毒潰爛治癒之後，整個臉的輪廓已經模糊不清，下陷的鼻子、歪斜的嘴巴、扭曲的眼睛，從模糊的輪廓裏，仍不難發現老婦年輕時候一付姣好俏麗的臉容。

於是，居住在小鎮的人們，互相流傳着老人的身世，在衆多的流言中，却沒有人敢斷定那一則才是事實。

有人說：老婦是被丈夫遺棄的苦命女。

有人說：老婦根本就沒有結婚，但却生育了很多子女。

也有人說：老婦曾經是當年紅遍某地酒國的名酒女，後來因爲身罹梅毒，以致臉部潰爛，爲了不願讓故鄉父老看見自己淒慘的遭遇，只好遠走他鄉定居小鎮。

也有人說……

是一個陰霾的午後，小鎮的街道上出現一位陌生的中年人，他急匆匆的脚步，讓人一眼就看出定有急事待辦。

他走進鎮公所的大門，然後由一位職員陪伴着，他們逕往公墓小屋的方向走去，鎮公所的職員在小屋的門口指指點點，然後引領着他探視公墓中的新塚，這是鎮公所代爲埋葬的，新塚裏面躺着的，正是小屋中的老婦。

自從那位陌生的中年人出現後，老婦的墳塚前每逢星期假日，都有外地來的男女前往憑弔，他們每次都帶來鮮花一束。不管烈陽當空，或者淒風苦雨，從不間斷。

老婦謎一樣的身世終被解開，老婦從風華絕代的過去，到老死異鄉小鎮的故事被神奇的傳述着，鎮民們對於這個淒豔悲苦的故事更是百聽不厭。

「當番的。」

百花樓裏觥籌交錯，一羣醉翁之意不在酒的有錢老爺們在酒酣耳熱之後，仍然不忘來這裏的本意。

隨着一聲尖銳的叫喊，門帘掀動處，年紀約莫卅歲上下的女人，帶引著一位年輕的酒孃，踏着碎步走出來，女孩抬眼望了一下週遭的衆人，好像新嫁娘那般羞怯的紅暈掠過面頰，原來是第一次當番哪。

酒樓華麗的裝飾，對伊來說是全然陌生的，這裏完全不屬於自己，這些排場氣勢和過去清苦的歲月是格格不入的。然而從今天起，自己却要朝夕囚困在這裏，想着想着，踏出去細碎的步子就更加猶豫乏力了。

被牽着的手强烈的顫抖着。前頭引路的女人略略用力一帶，示意伊別太緊張，可是雙手仍然不由自主的抖得更加厲害。這邊喝酒的老爺們，擧起的筷子停在半空中，剛才嘈雜的聲音，頓時變得鴉雀無聲，突然轉變的氣氛更使伊感覺不自在，伊甚至於想拔腿逃離這裏。

「各位先生，現在我來介紹一位本酒樓新來的代子小姐，請各位多多捧場。」女人老練的用日本話介紹伊，伊害羞的低垂着頭，剛剛施過脂粉的臉，幾乎要碰到前邊的衣領。同桌還有三個日本人在坐，一陣熱烈的掌聲表示了歡迎之意。

「抬起頭來嘛！」有人大叫。

「對不起，她初次當番，不周到的地方還請多多包涵。」

「代子，頭抬高一點嘛，讓先生們認識認識。」女人輕聲在伊耳邊細語。

一直低垂着頭的伊稍稍抬起臉來，舉目處盡是一些色迷迷的眼神。伊的內心在掙扎，此刻伊一味想着，這場酒宴怎麼不快快結束，而當番前一遍又一遍的演練，現在竟忘得一乾二淨。

「來，坐這裏。」女人將伊安頓在一位日本人的身旁。映現伊眼簾的是滿桌豐盛的酒席，長得這麼大還是第一次看見。

在生活清苦的鄉下，尤其在異族統治之下，臺灣同胞更沒有絕對的生活自由，平常時候鹹魚脯該算是最上等的菜餚，而眼前自己却坐在裝潢華麗的酒樓裏，陪伴着大亨巨賈們猜拳行令，山珍海味的大吃大喝。

「代子小姐，我先敬妳，乾。」身旁的日本人帶着七八分醉意咕嘟一聲乾了杯中酒。

伊扶着手中的酒杯，以前是滴酒不沾的，父親生前嗜酒如命，每天晚飯那一餐都得打滿滿一壺酒回來，起初時候，光聞那酒味，頭就開始暈暈然，後來習慣也就成自然了。

現在自己却要手捧着酒杯，陪客人們喝酒了。杯中陣陣辛辣的酒精味，針般銳利的直鑽進鼻孔裏，整個人像搖晃在酒杯中。

「乾嘛！代子小姐。」先前乾杯的日本人高舉起手中的酒杯催促伊。

「山田様，人家代子小姐第一次上場嘛，我看就讓她隨便好了。」帶引伊出場的女人忙着替伊解圍，那個被喚做山田様的日本人似乎是這裏的常客。

「嗨，那多沒意思，代子小姐的酒量一定沒問題的。」山田仍然死纏着伊。

「那這樣好了，代子小姐隨意喝一點，其餘的，我替她乾了。」女人示意伊喝一點表示敬意。

愈接近酒，頭搖晃得愈厲害，無論如何一定要學着讓自己適應酒精的強烈味道，畢竟自己選擇了這份職業，就該對它盡責，大概這就是老闆在上班的第一天所說的：「敬業樂羣」吧。老闆滿臉橫肉的圓臉上，似乎永遠沒有溫煦微笑的時候。

閉起雙眼，碰到唇邊的酒稍稍猶豫了一下，衆多眼神彷彿在期盼什麼，每個人都注視着這位新來的小姐，伊的一舉手一投足，都會深深地吸引着每一個人。

放下手中的杯子，也不知道究竟喝了多少，只感覺出全身好像沐浴在熱水池中那般燙熱，整個臉怕像紅紙那樣吧，喝酒前的暈眩此時已經逐漸消褪。

剩下的還是由那女人代喝完了，看她神態自若的輕鬆解決了那杯酒，代子含着多少欽羨，感激之情也流露在脈脈的眼神裏。

第一次當番，竟不知道酒場裏還有那麼些規矩，尤其要應付那些醉翁之意不在酒的客人們，更需要有澄明的理智與堅强的意念。譬如：今晚那個名喚山田的日本人，老是張着一對色迷迷的猪眼，上下打量着人家，右手執着酒杯，左手仍不規矩的摸索着。而伊只一味閃避，閃避的身子偶而碰著了另一邊的客人，一隻祿山之爪又探了過來；夾在兩個男人中間，眞是動彈不得，那時刻直想起身逃離酒宴，一股被羞辱的氣憤激盪心中。

伊長這麼大，還是頭一回遭逢這種場面，尤其對一個鄉下姑娘來說，更是不可思議的事。雖然從事這行職業，心裏早有逆來順受的準備，但畢竟不如想像的那般簡單。

想到自己出身寒微，甚至於連身世都未曾弄明白，養父竟只留下一句：

「細妹，妳是阿爸撿回來的。」

然後因傷重就此斷氣，那一年坑底村發生了前所未見的驚人大災變，坑底唯一的礦場在轟隆一聲之後，落磐攫奪了多少無辜的生命，也摧毀多少個美滿幸福的家庭。

伊的養父來旺落脚坑底寮時，只携着伊一人，人們對於一個大男人帶着年稚的小女孩更投以不解的眼神。

「大概是異鄉來討生活的罷。」

這件事在附近人們的心中，僅掀起一陣新奇的騷動，過後又恢復了以往的平靜。

從懂事開始，伊就一直跟隨父親東奔西跑，這裏住一陣，那兒又住一陣，哪裏有工作做，他們父女就在哪裏住下，如此漂泊的歲月，一直在住進坑底之後才正式結束。坑底是北部山區有名的礦場，礦源之豐富，縱令坑底寮的幾代人也開採不盡。於是，來旺選擇了這個地方定居下來，出賣勞力總是一件較容易的事。

村裏人只知道他們是父女，沒有人知道他們只是養父女的關係。來旺疼愛伊的程度，全坑底的人個個稱頌，可是從不曾看見過伊的母親；這個令人狐疑的問題，人們却也不敢探尋答案。

來旺平日沉默寡言，每天日出而作、日落而息，礦場公休的日子，喜歡獨自飲杯老酒消閒，只有酒過數盅之後，話匣子才始打開，然後滔滔不絕如洪水泛濫的江河，如果那時有酒伴共飲，興致就更濃了，從洪荒的老古到渺茫的未來，似乎無所不知無所不談，而這些都是坑底寮的人不易發現的他的另一面。

而來旺所最擔心的，莫過於女兒的未來，他曾想過如何完整且不傷害女兒的，將整個事情的眞像告訴伊。遺憾的是傷重垂危之際，只留下讓伊費解的疑團。

「如果阿爸在……」

每每夜深人靜伊會思想着，如果養父不死，就能解開自己身世的迷霧，恐怕也只有養父是唯一知道自己身世的人了。或者說身世對於伊的一生，並不怎麼重要，女人嘛，將來終歸是要嫁人的，如此想來，或可減輕些微的痛楚，但每當靜下心來思前想後，總也免不了哀傷一番。

初次下海，就已經訂下一則「賣笑不賣身」的鐵則，任何人都別想佔有自己的身子，除了將來的丈夫以外，這是一個非常崇高的理想。

一個女人，能够堅守這個原則在歡場中討生活極不容易，代子能保持清純的色調嗎？

卸下臉上沉重的化妝，代子面對鏡子，鏡子中出現的彷彿不再是昔日的自己，清洗過後的臉容，仍然隱現一絲絲脂粉的痕跡。每天伊就得如此朝施脂粉晚卸妝，然後讓酒精燃燒自己。

2

近來盟國飛機轟炸得厲害，附近的居民都疏散到較為偏遠的地區去，酒樓自然也暫時歇業，跟著人們跑空襲去了。

「夭壽的日本鬼，把戰爭帶到這裏來。」

凡是生長在臺灣的中國人，都會異口同聲狠狠地咒罵，一向豐裕太平的美麗島，竟在日本軍國主義卑劣的行動中燃燒起漫天的烽火，是中國人誰也不會原諒東洋鬼子喪心病狂的醜惡罪行。盟國飛機終於停止了例行性的轟炸，疏散了的居民們暫時又回到了自己的居所，整頓刼後家園。

百花樓在整頓聲中，又逐漸恢復往昔的輝煌，戰爭並沒有阻礙人們飲酒作樂的豪興，只是盛況已比太平盛世時大為減色。過去的實物配給制度，似乎只對貧苦的老百姓發生作用，對於那些「天皇陛下」統領的文武官吏們，以及識時務的「俊傑」——漢奸走狗，却能奈他們何？

每天進出酒樓舞榭的，也儘是這一幫游手好閒的權貴們，百花樓上層的房間裏，榻榻米上矮脚方桌邊；一羣酒客圍跪著猜拳行令，他們是日本貿易商經常往來於臺、日之間的山田健二、「新竹廳辦公廳舍」官員久保田三郎、富甲一方的士紳阿年舍，陪伴阿年舍同來的李富貴與陳萬金，另外一個文質彬彬的，是隨同山田健二來臺經商的中村榮司，加上穿梭於賓客間的百花樓三位名花，一時鶯聲燕語，和着粗獷的吆喝，構圖成一幅極不協和的畫面。

中村端坐着靜觀其他人吆喝的場面，年輕的面容還呈顯幾分稚嫩，大概是初次涉足花花世界，酒樓裏五光十色的擺飾令他眼花撩亂。

代子稍稍移動身子繞過身畔的陳萬金，趁着空檔擠進中村的旁坐，中村被代子這突如其來的動作，驚愕得竟有點手足失措眞不知該如何自處，這對於初涉酒場的男人來說，確是一個尷尬的場面。

「中村先生，來，喝酒。」代子已非初出茅廬的雛兒啦，親切的笑臉再加上秀麗冶豔的容貌，使得百花樓上生意鼎盛，也有遠從外地慕名而來者，百花樓將伊當成一個寶。

中村莫名地望向代子，臉上似乎驚異於對方怎麼知道自己的名字，代子領悟了他的意思，忙接口說：

「剛才山田樣介紹過您的大名。」

中村恍然，並驚於眼前豔麗的小姐竟有這等過人的記憶。他端起酒杯的手微微顫悸，代子看在眼裏笑在心裏，自己起初當番時不也是這種情狀。

「來，先用一點菜。」

中村感激地望了伊一眼：

「謝謝！」聲音溫和地流瀉入代子的耳鼓，心裏竟有些微的震顫，雖然這兩個普通的詞彙每天都能夠聽上數十遍，但却沒有這一刻來得如許眞實如許感動。不禁多看了他一眼，而迎面而來的正是中村銳利深沉的目光。突然伊覺得臉上火辣辣地。

之後，代子每晚總要呆坐粧鏡前回味那一刻甜美的記憶，中村那張俊美且透着堅毅的臉，更時常在伊腦門裏浮現；那是一張屬於中國特殊風味的臉，代子時時會有這種感覺。

中村自與代子相識百花樓後，幾乎每隔數日都得到百花樓捧伊的場，最後甚至於只想着日日見伊的面，那怕是匆匆的一瞥也好。

於是；時間培育了他們的感情，這一對異國情鴛，互相交換着彼此眞誠的愛心，他們並沒有因爲身處於不同的國度而稍稍鬆懈在戰爭中建立的情愛。

戰爭在祖國大陸如火如荼的激烈進行著，臺灣同胞們被日本軍閥拉伕投入大陸戰場，與自己同胞作戰的與日俱增。百花樓的生意一落千丈，正顯示出戰時經濟的蕭條。

中村與代子間的戀愛正如戰局的演變，愈演愈烈，似乎彼此間都已經完全付出自己的感情。

「代子，如果妳是日本人，或者我是純粹的中國人，那該有多好。」中村言語中多少隱含激動。

「難道你不是純粹的日本人？」代子驚異地望向中村，這句話確叫代子不解。

遠天出現黃昏時候特有的紅暈，映照著中村因激動而脹紅的臉，代子的問話似乎觸引了他某一方面的隱痛。

「我生父是中國人，我母親是日本人，戰爭還沒發生以前，我母親隨着我外公到中國大陸經商，後來認識了我父親，我是他們愛情的結晶。」

「那麼你父親現在是不是住在日本？」

「後來因爲我父親家族强烈的反對，我母親只得放棄了與父親的戀情，跟隨外公返回日本，那時候已經身懷六甲，我外公是商場上的聞人，爲了顧全面子，匆忙中替我母親物色了對象結婚，他就是我現在的父親。」

「原來你的身世還有這麼一段曲折的故事。這些是誰告訴你的。」

「我母親。」

「難怪我總覺得你有一股中國人的氣質。」代子想起第一次見到中村時的印象。

「眞的嗎？或許這與我父親的傳統有關。」中村臉上現出幾許茫然。

「現在戰事吃緊，很多臺灣同胞都被征去打仗，你怎麼沒有被拉去呢？」

「我自幼身體較弱，我父親利用他的社會關係，買通了承辦兵役的官員，因此免了這場災翅。」

「你們日本人最壞了，專門欺侮我們中國人。」

「別忘了我也是半個中國人，我也很痛恨日本人的醜惡行爲哪。」

走在濱海的大道上，晚風吹襲他們互相依偎的身軀，耳鬢廝磨處多少柔情蜜意。

代子仍然一如往昔般堅守當初立下「賣笑不賣身」的原則，任何來百花樓的酒客們，想以金錢佔有伊的身子，都會吃到閉門羹，很多慕代子之名前來，想一親芳澤的富商巨賈們，都失望的敗興而歸。

輝煌的歲月正在代子身邊閃亮，伊的大紅大紫贏得多少人的欽羨，同樣的也引起了同行姊妹淘們的忌妒，樹大招風，代子在最輝煌的黃金時段裏，心靈上遭到了無情的打擊。

這一天，代子仍如往常那般當番，宴席仍然在打情罵俏的進行著，氣氛一直保持輕鬆的程度。酒醉飯飽之際突然席間傳來粗獷的聲音：

「喂！」

同時拍拍的掌聲響在酒樓的走道，這是呼喚侍應生的訊號，侍應生趨前與方才發出聲音的日本客人交頭接耳了一番，而後侍應生面有難色的走向代子，照例耳語一陣。只見代子臉上顯現拒絕的表情，同時搖搖頭，方才那名日本人看在眼裏，突然近乎咆哮的站起身高聲叫罵，微微傾斜的身子，有點借酒裝瘋的模樣：

「什麼？不答應，看不起老子是不是？」歪斜的身子由於用力過猛，重又坐回榻榻米上。

領班的女人聞聲趕過來，知道了事情的眞象以後，輕聲細語的開導着那名日本人。

「不要，我偏要叫她。」說話的時候手指同時用力的指向代子，動作近乎瘋狂，彷彿失去理性那般。

「先生，她賣笑不賣身的，我看你乾脆找另外的小姐陪你，好嗎？」領班依然笑態可掬的想使他改變初衷。

「妳……妳問她是不是怕哇嗒庫西沒錢，付不起帳。」同時自西裝上衣口袋掏出大把鈔票。

頓時代子伊內心裏猶如千刀萬剮那般的難受，自己雖身在歡場，但從來都不曾將錢視爲命根子，自己的守身如玉，也純是爲了維護自己的原則，一個人對於自己的意志總有權利抉擇的，如今却爲了莫名其妙的男人而橫遭凌辱。

「請不要用錢侮辱我。」代子終於也按捺不住，用幾近憤懣的聲音大聲吼叫着。

「假淸高、假神聖，哼，巴格野鹿。」在盛怒之下，那名日本酒客將手中的鈔票散了一地，似乎今晚不能達到目的，已經嚴重地打擊了他的自尊。

代子再也忍受不了這種了無人性的羞辱，伊雙手掩面，直奔樓下，然後消失在茫茫的暗夜裏，後面有人大聲呼喚伊，而伊仍然一味地狂奔着，從來都不曾受過這等委曲，小時候父親連重些的責駡都不曾有過呢。踏入茫然的街道，此時伊竟有不知該歸向何處的縹緲感。

突然間，伊想到了中村，此刻也只有中村才能够撫慰伊波濤起伏的心情，也只有在中村那兒代子才可能尋覓一處安全的港灣，這對於一個身世淒迷無依無靠，現在又遭受心靈巨大打擊的女子來說，確是一劑有效的强心針。

摸索在黑暗裏，代子僅憑記憶來到中村的門前，屋子裏昏黃的煤氣燈閃爍在紙門上，中村尙未就寢，跪坐桌前的身影使得代子有種擺脫恐懼的感覺，剛剛的委曲也逐漸平復下來。

敲開門，中村迎進站在夜色裏的代子，一臉的惶惑，不知道代子爲了何故，竟突然間在暗夜裏來訪。

將代子迎進屋裏，還未來得及開口，代子像一隻受盡驚嚇的兎子那般撲倒在中村的懷抱，抽抽噎噎地哭泣着，中村只莫名的摟抱住代子顫動的軀體，手不斷的撫摸着伊的雙肩。

逐漸的，代子在中村的撫慰中平息了受屈的心情，中村倒了一杯開水，坐定之後，代子先爲伊剛才的舉動道歉，然後娓娓述說今晚在百花樓所受的凌辱。

中村微蹙着眉頭，傾聽代子一字一句的細述。

空氣在兩人對坐間忽然變得冷凝了，中村握緊代子的手，彼此間的暖流藉着兩雙手在交通着。

終於找着了寧靜的避風港。

代子把頭埋進中村的臂彎裏，伊衷心地祈禱，時間最好能在此時靜止，每一對熱戀中的情人想必都有同樣的希冀與期盼。

那晚代子沒有回到住宿的地方。那晚趁着心火的餘溫，代子伊將女子一生中最寶貴的貞潔獻給了伊認爲能够倚靠終身的男人——中村。

兩個異國情鴛出雙入對儼如夫妻，代子伊內心裏也已然覓得幸福的歸宿而充盈幸福滿足的快旦。

慰。

可是戰火結合了一對同命鴛鴦，讓他們慶幸生長在這個時代，戰火也同時結束了這對鴛鴦的愛情美夢。

日本終於無條件投降了，臺灣也重回祖國的懷抱，孤兒需要母親的愛撫，這是每一個臺灣同胞所冀望已久的心願。

日本開始撤離臺灣，無論軍、政、商等人員，均在限期內返國，中村當然也在積極地準備啓程。

由於事出突然，中村本欲攜代子同返日本，但因國籍的不同，代子的隨行遂有了困難，中村安慰代子，待其返國後，一定盡全力替伊辦理去日的手續。

臨行，天上飄着小雨，彷彿離人淚，中村緊握代子的手，手汗濕了伊的掌心，兩人的心情恰似起錨時戛戛的聲響。

「中村，能夠爲我留下來嗎？」代子明知不可能，但仍企圖挽留。

「代子，等我回來接妳。」中村眼裏射出堅毅的光芒。

「嗯，我會耐心地等着。」代子柔順得像隻小兎子，無論是在平常時候，或者受到委曲時，代子總是柔情似水，這恐怕也是牽繫中村心緒的最大原因。

「爲我保重，也爲妳自己。」

「你也一樣。」

汽笛聲聲，打斷他們綿綿地情意，雨飄墜得更繁密，突然間，代子伊竟有種想要告訴中村什麼的衝動，而那股衝動，却被複雜的離愁別緒，化解得煙消雲散，終於伊還是改變了想要告訴他什麼的初衷。

自從那晚，在代子生命中出現重要時刻的那晚之後在伊的體內就好像有一個新的生命存在，而伊竟也說不出那是屬於什麼樣的感覺，似乎那種感覺與方才想要訴說什麼的衝動有某些方面的串連關係。

「你要回來看我哦！」

「我會的，安心的等着我。」

「中村……」

那一陣衝動又湧上心頭，頻頻催促的船笛聲扣緊每個即將分離的人們的心。

眼見第一個闖進自己心靈深處的男子就要遠離，代子的心事比碼頭邊吊運的貨物還要重上千萬倍，淚順着薄施脂粉的面頰垂直流下。中村回頭的目光已經望見代子的淚光，代子急急低下頭，臉上强露歡顏，伊不願自己心愛着的人帶着哀傷的心事離去。

船緩緩移開了碼頭，船笛依然長長地鳴響於天宇，天空綿密的雨絲有增無減的下落着。代子揮動的手帕停在半空中，中村的臉在雨絲中逐漸模糊了，即使現在仍然有想告訴他什麼的衝動，也只能徒喚奈何了。

伊的淚與落着的雨濕透了伊的衣衫，船已經走遠了，中村看不見伊垂淚的哀傷，一任鹹濕的淚水寄予無限的相思。

雨，仍淅瀝淅瀝下着，淚也垂掛千萬里的懷念。

3

她已不再叫代子了，現在伊叫翠香。

中村並沒有實踐臨別的諾言，而伊却必須獨力撫養匆匆而來的小生命。小生命的父親到底是誰呢？左鄰右舍質疑的眼光看來使人難過，不過，同情的眼神却也讓翠香感到溫暖，世界那般大，和自己最親密的親人該是這個小生命了。

鄰居阿婆也是孤伶伶地一個人生活在小木屋裏，翠香坐月子也多虧了阿婆的照顧，阿婆養鷄說是替伊坐月子準備的，阿婆手中縫製的小衣衫說是做給小孫兒的。翠香拿她當親生的母親，而自己連生母都不曾見過。

「翠香啊！坐月子要好好的保惜身子啊！」

「知道啦！阿婆。」

「翠香啊！坐月子的人不可以常常哭喲，坐月子的人哭會傷害眼睛的。」伊流淚時被阿婆看見，總要被數說一頓。

「翠香啊！有什麼事就叫阿婆做，不要亂動啊！腰酸背疼一輩子可不好受呢？」

「知道啦！阿婆。」

「翠香啊！妳看小囝仔的臉蛋長得像誰。」

伊有種被箭刺戮的傷痛，從來都不曾想過這個問題，也從來都不曾將思緒轉移至小生命的長相上。經阿婆的提醒方才仔細注意小囝仔的臉蛋，紅潤的輪廓裏確實能尋着一絲昔日的憶念，多少日出日落，多少潮起潮落，多少相思凝聚成愛意千萬縷，已經淡去的雕塑，似乎又漸次地浮昇腦海，那份中國人特有的質樸，微笑時稍稍翹起的嘴角，還有……數不盡的相思也在小生命的身上找到了形象。

「代子，等我回來接妳。」

臨別誓言彷彿如昨，他忙嗎？或是爲了戰後的重建家園而忘了自己？

翠香總會在失望之餘，替他設想一些沒有再回來接伊的理由，畢竟失望並非絕望，伊有信心等待他回來接伊，以及他倆愛的結晶，想及這些，伊便更有勇氣、更有信心的活下去。

時間並沒有因爲翠香的盼望而稍有遲滯，仍在季節交換中遞嬗，匆匆又是數易寒暑。

阿婆年老了，阿婆竟在一次不小心的跌跤之後臥床不起，拋下了翠香母子孤伶伶地走了。

孤伶伶的歲月已經伴隨着她好多年了，阿婆走時仍然很堅強地勸慰着翠香，伊心目中對於老人總有很深的敬意，伊一直將她當成自己的母親般孝敬。阿婆走時的每一句話，伊都像聽着母親的叮嚀那般，仔細且又虔穆的聽着。

「翠香啊！找一個好人家嫁了，不要再等那個叫什麼村的了。」

「阿婆，不要再提那件事了。」

「帶着小囝仔找個好人家啊！」老人望了一眼正在地上嬉戲的男孩，男孩也有兩、三歲了吧。

「知道啦！阿婆。」伊泣不成聲的應答着老人，眼淚好似泛濫的河水那般洶湧着。

男孩莫名的看着淚眼汪汪的母親，仍繼續他手中的遊戲，還不時走向床頭拉拉老人鬆軟無力的手，老人已經離開她們到一個遙遠遙遠的地方去了。

「帶着小囝仔找個好人家啊！」

阿婆臨終的叮嚀不時地響在伊的耳畔，怎麼找個好人家呢？有那麼適當的人家嗎？縱使找着了，人家肯收留小囝仔嗎？

人在困苦的時日裏極易回想起過往，而伊的過往却也是一段多麼光耀燦爛金碧輝煌的歲月，杯觥酒影中人們總不忘了伊的存在，有了伊似乎風雲都變了顏色，有了伊男人們個個如生龍活虎那般活躍。

於是，在梳洗粉妝的時候，伊仔細地審視曾經風靡過多少男士們的臉，除了仍然保有美好的輪廓之外，年輪已經深深刻劃下隱約的痕跡。

想起自己依然保持着女人最好的資本——美麗，伊終於想通了，爲了孩子日後能過更好的日子，爲了不願使孩子將來跟着自己吃苦，伊終於又走向燈紅酒綠的地方。

「當番的。」

輪到伊當番了，心裏的緊張程度，雖然沒有第一次當番時那麼厲害，但陌生了一段長久的時日，伊却有點怯場，儘管這裏只是食堂，佈置裝飾也沒有當年百花樓那麼有氣派，但要想適應這裏的環境，倒也不是一、兩天所能熟悉過來的。還好伊對於這種場合已經有老到的經驗。憑着自己當年紅遍酒國的輝煌記錄，該不會被這種小場面難倒的吧。伊想。

座上客都是地方上有頭有臉的紳士，他們有很多空閑的時間能够聚在一起，花錢是他們最拿手的本領，而他們那些偌大的產業，却是先人們胼手胝足辛苦奮鬪來的家當，他們心想，若不趁着青春年少逍遙更待何時，因此，他們時常進出這家本地較具規模的食堂。

伊輪流地在紳士們的酒杯裏斟滿了酒，熟練的程度很難使人相信伊是這裏新來的小姐。

「小姐，妳是新來的。」有人一臉迷惑的問着。

「是的，剛上班兩天。」

他們仍然不敢相信伊的話，尤其斟酒時微微斜靠過來的身子，更不是一般新小姐所能做到的。

儘管他們不相信伊的話，但伊能够讓他們享受到這裏來的最大樂趣，却是千眞萬確的。於是這些紳士們不再用異樣的眼光看伊。

與伊同時當番的還有一位比伊更年輕貌美的女子，伊竟發現今晚對方的風頭遠比自己還要健，客人們的注意力不時地集中在對方的身上。

不會的，絕對不會的，昨夜梳粧鏡中出現的自己，美豔一如當年，自己絕對不會輸給眼前這個初出道的年輕姑娘的，更何況她的經驗也遠比自己差呢。

伊週旋於賓客之間，好像花蝴蝶般，伊極力地讓自己輕盈的身子飛得更高，飛得更惹人注意，伊要讓衆紳士們看看，伊除了有美豔的外表之外，還有高尚的氣質，伊盡力表演着，想讓輝煌的歷史在這間食堂裏重演。

回家的路上，夜風清涼地吻着伊的面頰，酒意頓時在涼風中清醒不少，黑暗的道路中有崎嶇也有岔路，藉着微弱的星光勉强可以尋着路的方向。

難道自己眞的不再年輕了嗎？

難道自己眞的比不上那些初出茅廬的年輕女子嗎？

或者，自己已經不適宜這一行了嗎？

只有兩、三年的光景變化眞有那麼大？

一連串的疑問在伊的思潮裏翻湧，回到家；暫時安定的家。孩子不在，自從決定拋頭露面再去上班之後，就將孩子交給專門替人看顧小孩的阿巴桑照顧，如此，伊才能够安下心來工作。伊曾經盤算再做個三、五年，等賺足了錢之後，即不再拋頭露面，專心的撫育孩子成人，至於阿婆臨終時的叮嚀，伊似乎不再考慮了。

每一次看見孩子，就會增强伊求生的慾望，孩子幾乎成了伊活下去的唯一支持與力量，自從愛情在伊生命中成爲絕響之後，伊再也不敢奢求感情能够獲得任何寄托。伊此刻的心境已經靜如止水。

每晚面對梳粧鏡，總要仔細端詳片刻，看看歲月的痕跡是否正一圈圈地環繞着代表女人青春的面容。伊謹愼地修飾面部每一處可能形成皺紋的地方，伊小心地按摩着日見粗糙的皮膚，可不能再輸給年輕而沒有經驗的菜鳥仔喲，畢竟自己曾經風華絕代的擁有過美麗的歲月。這些本錢都是年輕的姑娘們望塵莫及的。

有時候夜闌人靜，伊會前後思想着自己一生坎坷的遭遇，養父臨終時候的印象不祇一次地在伊腦海中映現——

當伊慌張地來到出事地點，遠遠地看見一羣人站立在坑口，有的人在比手劃脚，好像在議論什麼，也有隱隱傳入耳鼓的哭聲。

衆人看見伊連忙讓出一條路，首先出現伊眼前的是一堆堆血肉模糊的屍體，一張張的草蓆蓋着，早到現場的家屬們相擁號啕着，呼天搶地的哭聲，散播在空曠的荒郊野地，平日罕無人跡的山頭，也因這次不幸的災變而頓時熱鬧了起來。伊這時只覺得腦海一片空茫茫的，除了聲聲哭喚之外，伊竟聽不到一點其他的聲息。

坑道裏還有傷者未救出，台車一輛輛的進進出出，這些平常用來運煤的台車，現在却用來載運傷患者。這次的災變，據說是坑底寮近卅年來最悲慘的一次。

伊找着了父親，來旺正在接受醫護人員的急救，但看樣子是沒有多大希望了，斷了的一條腿，血正急速的湧噴而出，醫護人員已經盡了最大的力量，仍然沒能止住奔流的血，伊匍匐着爬向父親的身邊，淚模糊了伊的眼，幼小的心靈實在也經不起這晴天霹靂的巨變，一陣悽厲的叫喊震驚了在場的每一個人。來旺血淋淋的手極力伸長着，想急速地握住伊遠遠伸過來的手，兩眼呆滯的望着伊不再閃着靈巧的光，臉上痛苦的表情代表了此刻他內心所想表達的一切，嘴角微微牽動，想要向伊訴說什麼，伊將身子快速的挪至父親跟前：

「阿爸，阿爸。我在這裏。」伊緊緊抓住父親的手死死不放，生怕這一鬆手父親就會立刻離伊而去。

「細妹……，妳是……阿爸……撿……，撿來……」來不及講完最後一個字，來旺頭一偏離開了人間，離開他一生中最鍾愛的女兒，雙眼仍然睜睜地望向遙遙的遠天，他這一走最不放心的該是這個年幼的女兒了，而自己却在女兒最需要親情時，竟突然的離伊而去。死不瞑目呵！在場目睹這悲慘一幕的人都在心底嗟嘆着。

「旺仔，放心的去吧！」來旺的好友；這次災變中倖免於難的壽財，用雙手將來旺的兩眼輕輕抹下。

伊幾次哭得昏厥過去，聲音都沙啞了，伊摟着父親屍體的手，仍然沒命的環抱着不放。

對於父親的養育之恩，伊終生難忘，「樹欲靜而風不止，子欲養而親不待」，沒有機會好好孝順侍奉父親，是伊這一生中最大的遺憾。

而目前伊唯一的希望，全部寄託在兒子的身上，現在如此，就是將來也不會放棄。卽使在日後的人生旅途中出現了影響伊一生的人，伊也仍然未曾改變初衷。

4

阿年舍是獅湖鎮的紳士、土財主，靠着龐大的祖業雄據一方。阿年舍擁有大片產業，却不必費心勞神，管錢有帳房先生，做工有工頭負責調派，閒來無事，東晃晃西逛逛，再說阿年頭家娘挺能幹的，處理家中巨細事務一點也不含糊。於是，飽暖思淫慾，除了正房之外，又討了個小的，正房頭家娘倒也看得開，睜一眼閉一眼，平時除了料理家務事外，只靜心燒香唸佛。

倒是偏房二奶奶三十剛出頭，平時對風流成性的阿年頭家，管束甚嚴，生怕他在外面拈花惹草，雖說正房大姐不管，她可放不下這個心。尤其阿年頭家正值五十出頭，是個瀟洒倜儻的年歲，即使兩人在房中甜言蜜語時，二奶奶也不忘了在他耳邊叮嚀兩句：

「沒良心的，你可別在外面黑白來哦！」最近他的行蹤，已經引起了她的懷疑。

阿年頭家只是笑而不答，婦道人家的話，他總是不當一回事，似乎他只有在需要她們時，才會親近她們一點。

「怎麼不說話嘛！」

二奶奶在黃家是潑辣厲害出了名的，就連正房頭家娘都得讓她三分，對於阿年舍更是撒嬌潑辣兼而有之。

「不會的，不會的。」阿年舍不耐煩地一迭應着。

二奶奶這才滿意的打住話，阿年頭家內心裏直犯嘀咕：女人家事情管得可眞多。但口裏可也不敢說什麼。

「阿年頭家，最近忙什麼？老是看不到你的人。」翠香與阿年舍相識甚久，記得第一次當年時，他也在坐，那該是好久以前的事了。歲月竟也在他的鬢邊添加幾許白髮，而伊也已不再番輕，輝煌的歲月，也僅能在夢境中尋覓。

「沒忙什麼，田園間的事打點打點罷了。」這樣說才能表示自己是大忙人。

「我還以爲你忘了我呢？」

「怎麼會呢，想妳都來不及，還會忘了。」

「你不怕二奶奶吃醋？」

「嗐！那婆娘……」阿年舍無可奈何地。

自從結識地方上有頭有臉的阿年舍後，伊的人生觀也逐漸地修正了些，先前感情上的創傷，現已慢慢地在結疤了。時間使一切不痛快都成爲過去。

每個月，阿年舍通常要宴請賓客五、六回，因此，與翠香見面大都在食堂裏，偶而到伊住宿的地方，也不敢逗留太久，孤男寡女共處一室，而且他又是地方上的聞人紳士，別人看了難免會風言風語一大堆。

伊當初和阿年舍相識相交，完全是被他特有的紳士風度所迷惑，或許人在感情呈現虛空狀態時，較易對某件順眼的事或者人發生好感，那時侯的伊，正巧是精神生活最單調的時侯，也就在順水推舟的情形下，啓開封閉多年的心扉，試着去接納另外一個男人的闖入。

也許阿婆說得對，一個女人總得要尋找一個長久的依恃。但人有千百種，尤其感情這樁事，更該兩情相悅，一廂情願，縱使得到了也只有痛苦，而沒有歡樂，在芸芸衆生中，要想覓得知己，却也相當不易，對於一個心靈受過創傷的女人來說，結交異性更是要謹愼，女人一生只能失敗一次，再次的失敗，却不是孱弱的心靈所能承受得了的。

所以，伊的選擇並非沒有經過思量，但感情有時侯竟神妙得近乎不可想像，更難以道理詮釋。

伊心裏明白得很，即算自己佔有了他的心，但終究不能完全佔有他，他已有正房與偏房，如果自己也走進了黃家的大門，充其量也不過是三姨太的身份。這些名份倒不是重要的事，最主要的是他是否有一顆待自己眞誠的心；男人家總是口是心非的時候較多。

伊心裏想：一如當初將整個的人，交給第一個走入生命中的男人那樣，到頭來仍落得虛無縹緲，使得一顆純稚的心靈，蒙受重大的傷害，滿懷的希望，毀滅在癡心地等待中，確也是一件殘忍的事。

爲了兒子，伊付出了更多的心血，甚至犧牲自己，也在所不惜，或許兒子的體內，留傳着初戀情人的血液，該是唯一的理由吧，儘管內心裏不十分情願地承認自己有這種想法，但事實總也是天經地義不容磨滅的。

因此，每當面臨自身幸福的抉擇時，總不會忘記兒子的問題。而伊每每在與阿年舍談論及兒子的問題時，他總是表現了很紳士的風度。

說起阿年舍的紳士風度，可是地方上出了名的，平常他交遊廣濶，所結交的人士中，不乏見多識廣的達官顯貴，因此在衆多朋友輩中，他努力的學習着各種「派頭」。這些派頭有美國式的、有日本式的、也有英國式的，而他最心儀英國紳士，那種高尚典雅的氣度，他說那才是紳士中的紳士。當然，紳士除了家裏有錢之外，還必須有足夠悠閒的時間，否則整天爲了錢財在大太陽下奔波忙碌，那是再怎麼樣也紳士不起來的。

而阿年頭家，具備了成爲紳士的每一項條件，正巧在他的朋友中，一些甫自祖國大陸來到臺島的上海人，因爲地理環境的因素，較熟諳英國紳士的諸種派頭，因此他們來到小鎮後，也傾其所知的教導阿年舍，使他成爲一個標準的紳士。

每天一大早起床，他第一件事就是先擦亮那雙已經亮得不能再亮的皮鞋，聽說英國紳士最注重的就是脚上的皮鞋，他們審視紳士的尺度，皮鞋的份量亦佔很大的比率。

盥洗完畢，照例的穿上黑色的燕尾服，這種服裝在平常時，也穿在阿年舍身上，不管在大宴小酌的場合，人們都可以看得見他的這身打扮。

最後再戴上高高的禮帽，竟突然間使他原本高大的身材看起來更加壯碩，更加有紳士感，臨出門時他還不忘了手上挽一把傘。這把傘，據說是阿年舍花了很多英鎊托朋友從英國帶回來的玩意。這傘在不下雨時，被捲縮成圓柱形，當做手杖使用，看它前後擺動的弧度，就知道這不是一把普通遮雨的傘，是專門用來供做紳士們裝飾用的。

在街路上，人們只要看見阿年紳士從遠遠的那端出現，他們就會藉故放慢脚步，希望能多看一眼這英國紳士的風度。

「全鎭上沒有一個人，能比得上阿年舍。」

人們都這麼說，連三歲的孩童也要搶着看阿年頭家身上穿的有尾巴的衣服。

阿年舍不僅僅在穿着上顯得紳士的模樣，同時他也努力學習紳士所應具備的各種禮儀風度，生怕自己那土生土長的土像，破壞了紳士的風範，因此，在處理每件事情時，也不忘了保持紳士的禮貌與風度，地方上的人也因此而對他增添了幾分好感，人們對於有禮貌有敎養的人，總是比較敬重，他們暗地裏也敎導自己的子女如何做一個紳士，而這些模樣也是他們平日裏在街路上，或者各種場合所看到的阿年舍的模樣，人們將他當做一個典型在模仿着。

翠香伊之所以對他產生好感，多半也是經由這層觀感而來，伊每同跟他在一起，多少也能感染一絲紳士的氣氛。

他們在一起的事，在鎭上已經不是什麼大新聞了，人們在私底下常議論着阿年舍又要娶三姨太了，而這件事他的二姨太也聽到了一點風聲。

雖然，二姨太風聞阿年舍與翠香的事，但在名份地位上，似乎不宜由她出面干涉這件事，她的能耐頂多是在阿年舍面前發發嬌嗔而已，她想到這事理該由正房來負責處理，於是她去找正房研究對策。

「大姐，我有件事想同您商量商量。」

此刻她們面對面談論這件事，彼此就像親姊妹那般熱絡，這就是她們共同聯合起來，防禦外侮的基本態度。當然這一切的籌劃，都落在二姨太身上，正房是鮮少管這些事的，也許年歲的增長，將這些事看得淡了。

翠香也稍稍耳聞了阿年舍家人的反應，事實上伊也不是個喜歡拆散人家美滿家庭的女人，伊每當獨自靜坐時，也會檢討自己與阿年頭家的種種，伊也認爲這不是一樁正常的愛情，但感情却也是極其微妙。雖然曾經立下重誓，這輩子不再談論感情的事，而認識阿年舍之後，這一切竟完全被推翻了，只要他們在一起，就能聊慰伊孤寂的心情，這就是不能否定的事實。

阿年舍到伊住處走動更加頻繁了，他也顧不得旁人背後的議論，也不去理會二姨太的抗議，他有意將這件事更明朗化，一如他的紳士風度被人們認可那般。

這一天，翠香提早下了班，伊總是在他要來的那一天提早返家，以期能使相聚的時間更長，這樣伊也可以提早減少一分孤寂感，每一對相戀中的愛侶，幾乎都有類似的願望，他們自也不能例外。

剛剛卸完妝扮，阿年舍準時地踏着夜色，在窗口出現，仍然那般紳士的脫下禮帽，將雨傘手杖交給左手，右手逕自敲開了房門。

每一次見到那高尙的身影出現，內心就會掩不住喜悅陣陣，而且還會餘波蕩漾，在心湖泛起漣漪圈圈，卽使他佇足片刻，也會有十分的滿足感。

「翠翠，我看從明天起，妳就不要再上班了吧。」他習慣於如此暱稱伊。

「你最近有沒有聽說一些關於我們倆的風風雨雨？」伊靠近他身邊，雖說已經卸了妝，但一殷芳香仍直沖阿年舍的鼻孔。

「那些無聊透頂的人，儘會做些無聊的事。」他一副滿不在乎的樣子，似乎這件事根本就不曾發生在他身上似的。

「可是，聽說二姨太知道了我們的事後，正準備對付我呢？」

「放心好了，我心中自有打算。」他揮舞的雙手，還是保持着那紳士特有的風度。

「還有，外面的一些人傳得很難聽，他們都說我跟你在一起是爲了你的錢財，他們還說賺食女子無情，有一天如果你落魄了、失敗了，我一定會離開你的。」伊的心情一陣緊似一陣，聲音有點哽咽了。

「不要理會那些無聊的人。」這一次他的手揮舞得更高，語氣有點激動。

伊低垂着頭想心事，自己眞能那麼無憂無慮的不去想那些惡毒的傳言嗎？

「明天開始不要上班了，我會按月送錢過來給妳。」他斬釘截鐵的，態度堅定得很。伊知道他的牛脾氣又來了，本來還想和他談點別的，也只好作罷了。

伊想孩子應該接回來同住了，畢竟骨肉連心，多年來一直沒有盡到做母親的責任，在風花雪月的場合討生活，也不可能帶着孩子進進出出。

但怎麼開口呢？阿年紳士會不會一口答應，就像他處理其他事情那般乾脆？那般有紳士風度？

伊欲言又止，還是先不要破壞了眼前美好的氣氛，還是另外找個適當的機會開口吧，反正來日方長，以後多的是機會。

就只這一短暫的猶豫，竟決定了孩子一生的命運。

臺灣光復後，政府正積極地推行各項新政，同時各項改革方案也都擬定了，耕者有其田已被列入重要施政方案中，正在緊鑼密鼓的進行。

鎮上的人們傳言紛紛，很多人對於這樁事付出了極大的熱心，他們四處奔走打聽，因爲很多人都這麼說：

「耕者有其田，對貧窮的佃農們來說，是一個好消息。」

有很多老一輩的人，似乎不太懂得這裏面的規章，也不明白其中的意義對他們到底有多大的助益。

於是年輕一輩的，就很有耐心地向他們解釋：

「政府實施耕者有其田，完全是幫助佃戶的一種保護政策，它的目的是要讓農民在辛苦耕耘之後，能夠獲得公平的待遇，不因地主的剝削而失去了大家耕作的興趣。這個政策分三個步驟，第一是三七五減租、第二是公地放領、第三是限田政策。而現在是先從第一項三七五減租開始實施。」

而老一輩的又不知什麼叫三七五減租，他們又不厭其煩地說明着：

「以前我們租阿年頭家的田耕作，每一季的收成要繳給阿年頭家七分，我們佃戶只能得到三分，可以說我們的耕作幾乎完全繳給頭家了，三七五減租就是針對這個毛病，以後我們只要繳三七五的稻谷給頭家，其餘的六二五全部是我們的。」

他們簡直不敢相信自己的耳朶。有的人更認爲這些年輕人吹牛不打草稿，天底下那有這等好事，有的更認爲這絕對不是眞的，即使是眞的也輪不到他們。總之，人們初次接觸這個天大的好消息時，總是信疑參半的不敢認定那是事實。

這件事就這樣一傳十、十傳百的在地方上傳揚開來，阿年舍爲了政府的這項措施，正在央求他的好友們，四處打探消息，這些朋友中不乏與政府官員有交往的人，由他們打聽來的事也最正確。

阿年頭家在忙着，忙儘管忙，平常養成的紳士風度仍然存在，只是沒有以前那麼熱中於紳士的裝扮。這些天由於忙的緣故，翠香那兒他也很少去了，不過每月的生活費依然準時地派人送去。

阿年舍全家大小，都在爲這項卽將實施的土地改革政策而擔憂。尤其是二姨太，看她那股坐立不安的模樣，眞好像天要塌下來那般嚴重，正房大奶奶仍在佛堂裏唸經吃齋，好像外面所發生的種種，全都與她無關似的，而阿年舍的進進出出，也憑添了不少緊張的氣氛。

日子在忙碌中過去，好久了，阿年舍一直都沒得空往翠香住處看望伊，這天日薄西山，該是晚飯時候到了，阿年頭家沒留在家用餐，突然心血來潮地出現在伊的住處，伊正準備進餐，他的突然出現，確實也爲伊帶來意外的興奮，他們愉快地在飯桌邊儘情地傾訴多日來的思念，忽然伊神秘兮兮地伏在他的耳邊悄悄地告訴他：

「告訴你，我有了……」伊低垂着頭，想了很久的話，終於說出來了，伊的臉也因此而紅霞一片，一張臉低沈得快要接近衣領了，這在歷經風霜後的伊，可以說是少有的現象，或者說間隔了一段時日不見，一種女性特有的嬌羞在驅使着伊吧。

「什麼？眞的嗎？」老來得子，突如其來的好消息，在他臉上爆散出驚奇的喜悅，這些天來的勞累也一掃而空，他小心翼翼地叮嚀伊，一定要好好保重身子，這個也不能動，那個也不能動，當心動了胎氣，同時更由家裏調了一名佣人前來服侍伊，本來準備接伊回家住的，家裏人多好照顧，以前不敢帶伊回家是有所顧忌，但如今伊已經懷有黃家的骨肉，已有正當堂皇的理由可以接伊回去了，可是伊執意不肯，阿年舍也只好順從伊。

阿年舍又常常出現在伊的住處，他仍然雪亮的皮鞋、高高地帽子，翦着燕子尾巴的黑色禮服，阿年舍不但恢復了往常紳士的派頭，而且更加趾高氣揚了。

又一個小生命在伊的體內孕育着，雖然現在已經沒有第一次懷胎時那麼興奮，但與心目中景仰的人，靈肉結合所產生的結晶，畢竟還是十分重視的。

伊與阿年舍的關係雖然名不正言不順，但伊想名份只不過是形式而已，因此，伊從來都不去計較什麼名份，只要精神上、心靈上能够獲得滿足，人生就沒有什麼遺憾的了。只是爲了一絲心靈空虛的安慰，伊竟冒着最大的風險，在跟自己的命運做最殘酷的搏鬪，儘管人們背後的批評非常惡毒，儘管自己完全不能獲得阿年舍一家人的諒解。

與他在一起，伊的內心裏却有從來都沒有過的安全感，即使他們之間的年齡相差了三十歲，愛情可不分年齡，也不分等級的，只要彼此坦誠相待，用心靈去交通兩者的感情，生命就會顯得無比的蓬勃，而阿年舍的關切，似乎又多了一層父愛的親情，情愛加上父親的關切，使得伊愈發不能離開他了。

日子就在愉悅的歲月裏度過，翠香放下執壺賣笑的工作悠忽間又一年過去了，偶而前塵往事會在伊腦海中勾勒出一幅遠景與追憶。

阿年頭家在地方上傳說政府卽將實施土地改革政策的最初，爲了保護自家祖先遺留下來的產業，確實也沒頭沒腦的忙碌了一陣子，四處奔走活動，無非是想要更進一步證實傳說的可靠性，因爲未經政府正式公佈的事，總是不太可信的，而且，這一政策的實施，對他的影響要比其他人更大，這是當初他懷的恐懼感，而事實上並不如他所想像的那般嚴重。

後來，經過打聽的結果與傳說相差不多，不過還有一些細節正在研究磋商，那些朋友們告訴他，這是政府的一項德政，要他稍安勿躁地靜候消息，政府絕不會讓大地主們吃虧的，一定會有合理圓滿的補償。

像服下一顆定心丸那樣，他又繼續他高雅的紳士妝扮，繼續在大街小巷執着雨傘當手杖地爲地方上的人們排解紛爭。

5

臺島光復後第四年，一直爲阿年頭家所擔心的事終於發生了，耕者有其田的第一步「三七五減租」開始公佈實施後，這一年中他的收入就大不如往昔。

翠香爲阿年舍生了一對龍鳳胎——一男一女，如今也已牙牙學語了，同時伊也將與中村所生的大兒子接了回來。對這件事，阿年頭家也沒有持反對意見，只是他想接自己的親生子女回家撫育，却爲伊拒絕了，伊想母子團聚在一起總比散居兩地要好，雖然他有父親的權利，隨時都可以接子女回去，但伊仍然極力反對，原因之一，是怕孩子們被接回去後，會受到這一大戶人家的欺凌，畢竟做父親的阿年頭家，在家的機會較少，沒有足夠的時間與精力保護孩子，這雖是伊的臆測，但細細想來也非全無道理。

阿年家族由於政府實施耕者有其田以後，身爲大地主的他，收入自然有了影響，這對揮霍慣了的阿年舍來說，也受到了很大的限制。他之所以還能安然自在地在大街小巷妝扮紳士，自恃有一份雄厚的家財，該是無可否認的理由。

這一改革，使阿年頭家確實有些憤憤不平，起伏的思潮在他原本樂天的內心裏繼續不斷底洶湧澎湃，這只是一個開端，命運在他的生之途程開始了急遽的變化。

雖然，外在的現實因素給予他無情的一擊，但生性好强的他，仍然未曾改變他講求體面的個性，他仍然紳士那般地出入於地方上的各種公私場合，他的知名度也沒有因爲「三七五減租」的實施而稍有遜色，人們照舊因爲他有優雅的紳士風度而對他表示敬意。

聽說別個村莊的大地主們，已經開始採取抵制的行動，有的甚至於在街路上罵將開來：

「什麼耕者有其田，簡直是無理取鬧嘛！」

「一定是什麼人在搞鬼，一點點祖公屎也有人看了眼紅。」

「那是我家祖公胼手胝足辛苦開墾來的田地呵！」

「如果他們眞敢這般做，我就跟他們拼了。」

而他却不這麼想，他認爲這些人是一羣不能跟着時代潮流走的人，他們不能適應一種新政策的實施，他認爲政府如此做一定是有道理的，否則不會訂頒此項政策，他想，一切只有聽天由命，命運由不得自己安排。

「人要樂天知命。」他常常如此訓誡着子孫們。

翠香自己心裏多少也有個暗盤在，伊是個明白人，如今時局畢竟不同於從前了，這些年來阿年舍的人生際遇，伊更一目瞭然，卽使他不說什麼，伊也體察得出他內心中所起的變化有多大，也許要了解一個人不難，但要十分透徹地去分析他，却不是一件易事，儘管他的外表有多堅强，但內心的柔弱，也恐怕只有伊知道得最清楚。

有人說：「夫妻倆共同睡破了三條草蓆，仍然無法猜透對方的心事。」而自己跟他又是什麼關係。伊思想起這些年來與他在一起的瑣瑣碎碎，自己所求的不是什麼名份，出身風塵能够暫住安樂窩，已經是心滿意足了。小時侯的貧窮歲月，父親爲了生活，在地層底下在黑暗中搏鬪了半輩子，雖然只是養育之恩，但恩惠之深，却是一世人無法報答的，而父親竟在礦場落磐的災刼中，失去了寶貴的生命。

或者悲苦的命運，在不明不白的身世之謎裏，就已全然註定。對於天地間冥冥的安排，也只有認了，初時還會爲自身的不幸悲愁淒然，如今有了兒女的安慰，或者在世路上坎坷的走過，那些悲苦與不幸，不再成爲伊心裏的一塊石。

因此，將來自己的處境，會是個怎樣的結局，伊心裏自然也早有了準備，至於往後何去何從，如何安排自己，則在伊混沌的腦海中，依然呈現一片空白。

耕者有其田政策，正在如火如荼地展開，雖然也有少數地主不太合作，但一切以天下黎民蒼生爲重，畢竟窮困的仍佔大多數，那些財力雄霸一方的大地主，只佔了全人口的極少部份，一項新政策的開展，多少難免會受到一點阻礙。

接着三七五、公地放領之後的限田政策，也正在着手進行中，所謂限田政策，就是限制地主們不得擁有太多的田地，其餘的，均由佃戶們優先認購。

終於，阿年舍承繼祖公遺留下來的產業，也不能保住了，偌大片的田地，他只留下規定的三甲，其餘的都給佃農們收購去了，而阿年頭家換來的是一些糧食債券以及轉投資的工廠債券，阿年舍望着這些債券發呆，以前豁達的性情一下子變得木訥起來。衆多人口的開銷，每天開門七件事，件件都在他的腦門裏盤旋盪漾。

有一段時日，他沒有在翠香處出現，家裏許多繁雜的事務要他處理，也沒有心思再去顧及這位既沒有名份、又沒有地位的三姨太了。

翠香伊先前苗條婀娜的身段，生產後變得太過豐滿，臉容雖說沒有多大的變化，但歲月催人老，隱隱浮現額角的，是歲月踏過的痕跡。

多愁善感，加上阿年舍幾近半個月沒來走動，男人的喜新厭舊和善變，使伊內心裏委實感嘆萬千。伊總是想了一大堆理由，來假設他不來找伊是有原因，人在失意的時侯，疑心病自會在無形中加重，如此或可使得心靈獲致一點平衡。

田地被收購了，剩餘的三甲田地是地主的保留地，這對曾經顯赫兩代、富甲一方、有鳥也飛不過的田產的阿年舍來說是一次重大的損失，儘管他說紳士風度是代表一個人的修養，但內心精神堤防的崩潰，却也急速的侵襲着他，外表愈堅强的人，一旦所受壓迫超出負荷極限時，受傷的程度不是常理所能判斷的。

爲了維護祖產的一脈相承，爲了使祖先們在九泉底下得以瞑目，大多數地主們開始了一連串保護產業的訴訟，他們想，將一切訴諸法律或可獲得公正的裁決。阿年舍也不例外的聘請律師準備拚鬪到底。與訟需要錢，而且這筆錢的數目也不算少，平時的收入除了支出所剩餘的已很有限，阿年頭家爲了使官司得以順利的進行，於是他又變賣了三甲地的一部份。

官司仍在進行着，他每天忙進忙出的跟律師研商對策，提供一切律師所需的資料。從此他更抽不出空閒到翠香的住處去了，他再也沒有多餘的時間在街路上閒適地像紳士那般散步，如今他滿腦子是如何打贏這場官司，這跟他的家業，對他個人的前途，都有相當密切的關連。

田地仍然在變賣，官司也繼續地打下去，他偶而也抽個空到翠香伊那兒走動走動，孩子們逐漸在成長，在伊的心目中，伊總覺得孩子們在父親心中的地位，倒不如那些田產來得重要，在孩子們幼小的心靈裏，父親的來與不來並不十分重要。

政府實施耕者有其田政策，目的是使得人人均富，要使每個靠勞力耕作的佃農們，都能夠擁有一片屬於自己的田地，至於那些地主們，他們也保留了一部份的產業，雖說這一部份的面積比起以往所擁有的要遜色很多，但也足夠一家人的開銷了，只要努力耕作，三甲地照樣也是遍地黃金的，坐享其成的時代已經過去了，人人平等，人人均富，是世界大同的理想。因此，地主們訴訟儘管訴訟，仍然無法在官司上贏回已經失去的祖業。

阿年舍在連連的訴訟中失去了他大部份的產業，他仍然不死心地繼續延聘律師做最後的掙扎，他是一個不會輕易服輸的硬漢，眼看一大片鳥也飛不過的田園，在短短的時間裏，只剩下週遭的幾分田地了，他覺得愧對祖公們，更不知如何交棒給下一代，整天他所思想的，就是這些問題，常常深更鼓響，他仍窗下沉思，數日間白髮不知增添幾許。心情煩悒時到翠香處談談心，家裏人似乎對他都有種仇視的心理。

「翠香，世間的冷暖在這短短的日子中，非常深刻的刻記在我的心裏。」煩瑣的事務，在他額角刻上新痕無數。

「得過且過，不要計較那麼多，不要再打那什麼官司了，留得青山在，不愁沒柴燒。」伊總在他失意時候安慰他兩句，沒有讀過書的伊，竟也懂得一些大道理，幾年的闖蕩，看來是多少有點收穫的。

「哼!哈!」苦笑在他口鼻間呑吐。

從此以後，獅湖鎮上的人們，不再看見紳士的阿年舍在街路散步，地方上有了困難的事情發生，也沒有人會揮舞着雨傘，演說那般的阻止糾紛繼續擴展。

人們走在街路上，先前阿年舍經常走過的街路，常看見一個嘴裏不停呑吐着「哼!」「哈!」的老人，他佝僂的身軀每天總要在街路上出現三數回，他的外貌長相酷似阿年舍，但却從來都沒有人仔細看過他的臉。

人們說他就是阿年舍，但這也僅只是傳言而已，人們也不敢肯定他就是阿年紳士，只是阿年舍從此不再在鎭上出現倒是眞的。

跟着阿年紳士的消失，翠香伊竟也不知去向了，鎭上的人們，從此不見伊的蹤影，有人說伊帶着孩子到別處去謀生了，有人以爲伊的失蹤與阿年紳士多少有點關係，也有人說曾經看見伊在鄰鎭出現過，更有本鎭一些外出謀生的年輕人回來說，曾經在花街裏遇見過伊。

6

「春來妓女戶」在小鎭鬧市的巷弄裏門庭若市。穿過街路，跨過一座簡陋的橋，向左拐個彎，然後向右轉不到十來步的光景，却已在望。

「春來妓女戶」地點雖然嫌偏僻些，但很好找，大多數想要尋花問柳的男人都會熟悉地摸進這條巷弄裏來。通常可以看見雄赳赳、氣昂昂踏入門檻的漢子，待會兒準變成軟綿綿垂頭喪氣的出來。

這裏的遊客們中西兼容，因爲小鎭地處海港，往來國際間的大小船隻、遠程近程的漁船，都要在這兒下錨卸貨，要想在這兒賺錢是一件很容易的事。凡是以勞力換來代價的工作，這裏比比皆是，外鄉鎭趕來這兒淘金的正逐日增加，小鎭繁榮了，小鎭的熱鬧正代表着臺灣光復後的經濟成長，它驚人的速率，可以從往昔古樸風貌快速的消失，代之而起的新氣象中窺知。

翠香伊也跟隨着淘金的人潮來到小鎭，帶着三個孩子，帶着多年來血淚掙來的積蓄，更帶着與生俱來的悲苦。

伊仍然有堅靱的生命力，伊依然要靠自己的勞力來養活孩子們，這兒沒有人能夠幫伊的忙，這裏的一切對伊來說都是太陌生了。

伊終於也走進了「春來妓女戶」，捨此已無他途了，手無搏雞之力，又無專長，在擧目無親浩浩渺渺的異鄉，自己跟孩子們都要生活，本來伊只打算利用這些積蓄好好撫育這三個孩子，但坐吃山空，總有一天積蓄會花用光的，不如趁着青春尙未褪盡時打拼幾年，然後洗手不幹，從此專心撫育孩子，過幾年太平歲月，無憂無愁樂享天年的生活是伊渴盼了很久的，終年的奔波，却已使得伊身心俱疲了。

伊在這兒不叫翠香，伊改了一個名字叫「月旦」，伊在苦難的人生途程中，體悟出人生的際遇，眞如同月之陰晴圓缺，而自己又是人生舞臺上的一名旦角，從「玉旦」、「花旦」到「苦旦」，於是伊叫月旦。凡是到「春來妓女戶」的遊客們，十有八九都要問問月旦到底是那一個查某，伊的艷名很快的像風一樣，快速地流傳在鄰近鄉鎭男子們的口中。

雖然，伊在聲色場中翻滾過一段不算太短的時間，但出賣肉體還是首次。每天伊總是施展渾身解數，然後拖着精疲力盡的身子返家，伊辭絕了許多想邀伊夜渡的遊客們，卽使再多的金錢也不會使伊動心，伊每晚都要返回住處陪伴孩子們，孩子們年歲尙幼，需要大人的照顧，同時伊也不希望在孩子們幼小的心靈中植下陰影。

與中村所生的長子已經七歲了，爲阿年舍生下的龍鳳胎雙胞姊弟也三歲多了，孩子們一天天的成長，伊內心的惶惑則一天天的加重，孩子們疑問的眼神，常常會使伊難過得夜裏睡不安穩，他們有權知道屬於自己的身世，但不是現在，而將來是否能够給予滿意的答覆，伊也茫然不知作何解釋？過去的眞不知該從何處憶起，能够讓過去在歲月裏隨風飄逝固屬好事，但人生來就有回憶的本能，誰也無法阻止自己去思索先前的種種。

在孩子們的臉上，彷彿伊又發現自己小時候的影像，小時候每當與父親面對面的時候，總想把心頭的疑問請父親解答，但每次觸及父親銳利的眼神時，伊又驚恐地移開視線，不敢正視父親，就如此拖延着，也隱藏了心底的疑問，除了父親，恐怕再也沒有人能够解開這個結了。

而父親臨去時却又只是那一句簡短的：

「細妹，妳是阿爸撿來的……」

這般殘酷的遺言。父親從那兒把自己撿回的呢？父親是否欺騙伊？或者自己根本就是父親的女兒，如果是他又爲何不願承認呢？

問號接二連三，這情結仍然未能解開。而今孩子們總是無辜的，他們沒有理由接受痛苦的折磨，他們該是最幸運的一代。

眼見自己又將悲苦的命運轉降在他們身上，伊每每午夜夢回，撫心自問，搥胸之痛不絕如縷。

上一代的錯誤該由上一代承擔，而這會是錯誤嗎？錯一步全盤皆輸，眞個是人生如棋呵，惟一不幸的是，錯了第一步，輸了第一局，又接連着錯了第二步，這回可是輸了一輩子呵！這以後恐怕連同天的機會都沒有了。

日正當中，或許是午飯時間，鮮少客人上門，小姐們都一字排開的在樓下聊天，有的手裏不停的勾織着毛線，她們無聊的時候總是以這種方式打發時間。此時外面走進幾個滿臉通紅的中年漢子，這該不會是太陽曝晒的紅潤，經驗豐足的小姐們一眼便看出這又是一羣喝了酒來找樂子的客人，通常酒後來這裏的人比平常人要多，這可能就是酒色相連使然。

小姐們最懼怕接待此等客人，酒後的客人總是不講理的較多；他們會不管三七二十一的提出很多不合理的要求，一下要求這樣，一下又要求那樣，如果妳不順從，痲煩就會接踵而來，一些大小糾紛也就因此而產生。

幾個男子們分別找到了小姐，伊也上了榜，小姐們均極不情願的上樓去了。伊也懨懨地有一步沒一步地爬上樓梯，樓下未被點中的小姐們，有的在暗自竊笑，慶幸還好自己沒有上榜，而免去一劫。

習慣且熟練地脫下外衣，千篇一律的動作，伊迅速的躺在床上，那正是意味着提醒客人「時間寶貴」，而那名酒醉的男子却慢條斯理的東張張、西望望的坐在床沿上，伊看他是存心在蕩時間，也就委實不客氣地大聲催喚着：

「快點呀！」

「怎麼？妳們這裏不脫光的啊！」客人想伸手觸摸伊的胸部，被伊伸出去的手甩開了。

「我們這裏沒有這個規矩。」

「那多沒意思。」他似乎仍然沒有放棄自己的要求，一味在胡纏。

「我問你，你到底來幹嘛的？」伊怒火已上了心頭。

「來玩女人呀！」他理直氣壯地。

「那就趕快呀。」伊有點不耐煩地急速向床中間移了移。

伊催促的聲音激怒了他，突然他伸出兩隻毛茸茸的手掌，狠狠地抓住伊的無領上衣，像老鷹抓小鷄那般，伊驚惶地擺脫他的手掌，爬起身子，往牆角退縮，中年醉漢仍然不肯就此罷休的步步進逼。

「救命啊！」伊放開嗓門大聲嚷嚷向外求救。

「妳叫，妳再叫，妳這個賤女人。」啪的一聲清脆的耳光摑在伊的臉上，一陣火辣辣的感覺，臉上大概已經深刻地留下五條指痕了。

伊抽泣地瑟縮在角落裏，外面有人敲門，阻止醉漢瘋狂的行動，房門被撞開了，中年漢子像一頭野獸那般虎視眈眈地看着伊，好似要撕裂伊似地那般兇暴，他被人架着走出房間，被架着的身子歪歪斜斜地下了樓，口裏還不斷惡狠狠的咒駡：

「×伊娘，賺食查某。」

伊啜泣依然沒有停止，一手抓着被撕破的衣服，一手蒙住被毆打的臉，從來伊都不曾受過這等重大的侮辱。以前在酒家，就是因爲受了酒客的氣而奔訴中村，因而失身於他，伊並爲他癡狂地苦待了幾年，港埠多雨的碼頭確也曾經因此而留下伊綿綿的情淚。

有人上前來勸慰伊，有人擰了濕毛巾敷在伊的臉上，同時拿了一件衣服給伊換上。與中年醉客同來的男子們紛紛衣冠不整地奪門而出，他們的同伴在此間鬧事，他們也無心玩樂了。

伊提早收班了，也顧不得老鴇的好說歹說，伊逕自走了，心靈所受的創傷遠比皮肉之痛，還要嚴重千百倍，雖然大風大浪伊經過，畢竟人心是肉做的，薄弱的內心實在經不起一而再的打擊。

回到住所，孩子們在門口嬉戲，大孩子帶領着弟妹們乖巧的守着家，看見母親這時候突然出現門口，每個人的表情似乎都愕了一下，但隨卽又展現歡欣的笑顏，他們渴望能夠與媽媽日夜不離的廝守，而在他們苦難的幼小心靈裏，都已經深深體悟到母親爲了他們在辛勞的賺錢，雖然他們稚嫩的心思裏不能了解母親的工作性質，但這些幾乎是無關緊要的，母愛的慈暉永遠在他們四週普照。

伊紅腫的雙眼，在見到孩子們後竟無法克制的，一如泛濫的長河，伊緊緊擁抱住孩子們，他們惶恐不安的緊摟母親的腰，多年來那就是他們的支柱，他們莫名的盯着母親，爲母親突如其來的舉動驚住了，看着伊的哭泣仍然在繼續，三個孩子竟也哇哇地同聲大哭起來。

伊這時方才醒轉過來，知道自己是嚇着了孩子，於是伊停住了哭泣，要孩子們也止住哭聲，伊撫摸孩子們的頭臉，心事竟也有千斤重，新愁舊恨一起湧上心頭，悲苦的命運折磨自己還不够，孩子們小小年紀也承擔了由於自己一失足成千古恨的悲苦。

孩子們眼見母親受盡委曲地啜泣，第一次他們看見母親哭，母親從來都是堅强的以歡笑面對他們，母親的歡顏讓他們覺得這個世界上，永遠沒有悲愁，永遠是快樂的，而如今這突來且莫名的場面，竟也使得他們不知該如何安慰母親。

「媽，是誰欺侮您了。」大孩子一向懂事乖巧，他曉得母親在外面一定受到了屈辱。

「媽，不要哭嘛！媽不是常說乖孩子不哭的嘛！妳看我們都不哭了。」小姊弟倆也一起哄着母親，以母親常哄騙他們的語氣，小孩子的模仿力遠超過大人們所想像的。

月旦緊緊抱住他們，此刻伊的心境逐漸平復下來，伊仔細地審視面前的孩子，雖然自己供他們吃穿，但却沒能供給他們一個溫馨幸福的家，上一代的一錯再錯，禍延下一代，且在今生今世爲他們烙印下深深地不幸。早知如此，何必當初呢，悔恨不只一次地在伊心中浮現。

爲了眼前漫漫的人生道路，爲了澈底改善母子四人的生活環境，畢竟一再的遷徙流離，有礙於孩子們正常的發展，安定的生活是伊期望已久的理想。爲了不再流浪，不再在人海中茫無目的的飄泊又飄泊，伊終於下定決心，要帶着三個孩子在這異鄉的小鎭安居下來，伊想再拼鬪個三、五年，然後準備買棟房子，從此洗手專心做點小生意，如此也能讓孩子們在殘缺中有些微的補償。

於是，伊在受盡委曲凌辱之後，仍然回到「春來妓女戶」，繼續生張熟魏送往迎來的生活，伊堅强地面對現實的壓逼，即使朝來寒雨晚來風，即使大風暴雨的侵襲，伊也得打落牙齒和血呑。

這個晚上，仍一如往常那般，伊拖着疲憊地身軀往回家的路上走，街路除了遠遠一盞黑暗路燈之外，四週盡是一片黑漆漆的暗夜，往常伊走慣了夜路，即使路上到處坑坑洞洞崎嶇不平，但伊仍能熟練地摸索前進。

忽然，在伊眼前不到十尺光景的昏黃街燈下，一個綣縮的身子蓋着一個破舊的草袋，十一月的天氣，寒冷正如一把刀那麼銳利的挿進人們的心窩。

伊眼睛剛一觸及那團黑影，恐懼遂佔據了伊的全身，一個婦道人家在悄無人跡的街路上，突然發現異樣的物體在眼前出現，驚懼慌恐自不在話下，但回家的路只此一條，伊只好硬着頭皮，爲了不使鞋跟着地的聲響驚醒路邊人，伊乾脆脫下鞋子提在手上躡手躡脚的輕輕踏過去，揑着一把冷汗，脚步剛剛移過他的身邊，一個大翻身，伊慌張地向後倒退幾步，轉過身後的路邊人，他的臉正好對正了昏黃的街燈，刹那間伊閃電一般的覺得這人好面熟，但想不起在那見過。

伊一直在久遠的回憶裏，搜尋着這張臉；平常時候生張熟魏的見多了，意象難免會模糊些，尤其這個衣衫襤褸的漢子，可能由於久未梳洗，蓬頭垢面的，加之街燈昏暗處更是難以分辨。

那漢子仍然繼續着他的好夢，伊也懷着驚惶萬分的心情離去。雖然漢子對伊沒有產生直接的威脅，但緊張的心緒仍然存在。雖然內心中的惶恐平復了，而剛才那張在昏暗中覺得熟悉的臉，却仍在伊的腦海中不斷打轉，伊極力思索那張似曾相識的臉容。伊有自信，只要那個人再被伊碰到一次，伊一定能够認出他是誰？畢竟那個男子的影像在伊的記憶裏是非常熟稔的。

小鎭不知什麼時候來了一個衣衫襤褸的怪人。小鎭的人們從來都沒有看見過這麼一個人，有人說他神經失常，是個瘋子，但他從來都沒有打過人，只有人看見他在街路上比手劃脚的，口裏喃喃自語；時而厲聲疾呼，時而輕聲細語，每當他走在街路上，除了一身襤褸的衣服之外，腰間繫了一條草繩，手裏拿着一支不知打何處撿拾來的破舊雨傘，柄已經銹得幾近腐蝕，他將雨傘捲成圓筒狀，用細細的繩索捆住，他拿它來當手杖，然後招搖於街市間，人們看見他，總是遠遠地就躲開了，生怕他瘋性發作會動手打人。

月旦終於也看見了他，伊將整個記憶串連起來，突然伊顫慄的閃現一個映像，伊想，他可能就是阿年舍，只是伊雖也聽說他後來發瘋的事，但却一直沒有再見到他。而今他又怎麼會跑到這個陌生的小鎭來呢？這幾乎是不可能的事，或者這只是巧合，而天下之大，巧合的事竟也這麼多。

爲了證實他是不是阿年舍，伊想再碰見他時得問個清楚。但他的神智既已喪失，是否依然記取，曾經與他同衾共枕的伊。也許他在見了伊的面後會認出自己，也許就是因爲一睹伊人，而使得他恢復了神智。伊胡思亂想的期望奇蹟的出現。如果他眞不是阿年頭家，天下竟也有此等相似的人，那眞是奇蹟奇聞了。

被人傳說爲瘋子的怪人又出現街頭了，伊懷着忐忑的心，鼓足勇氣要去求得答案。伊內心裏也有了一個盤算，這些年來只聽說他瘋了，也許讓心智回復到原始的空白是最幸運的，可是這也僅止於傳說而已。而伊就爲這一傳說竟也狠心不再見他，就匆匆地搬離了與阿年舍常相廝守的地方。因此，伊常爲自己卑劣的行爲不恥，無論如何，人家總是好歹有恩於自己的，但爲了更重要的理由，伊不得不做了殘酷的抉擇，爲了使得孩子們幼小的心靈不再蒙上一層陰影，這是伊唯一正當的理由，而這些年來伊却再也不能否認，雙胞胎姊弟倆確實傳統着他們父親的血液。

伊內心矛盾的程度已經到了紛亂的地步，伊想盡自己一份微薄的力量，來補償過去的錯失，於是伊決定不計成敗若何，姑且一試，或者會有一線轉機，於是伊趁着人少的地方拉住他的手。

「你是不是獅湖鎭的阿年頭家？」

突如其來的問話，他怔住了，臉上出現片刻的遲疑。他玩弄手中的雨傘，傘壞了，破舊不堪的傘布零零落落地，伊注意到這把傘，阿年舍以紳士打扮的那段時日裏，他也是每日手不離傘的，他說英國紳士也是這種打扮。伊又看了一眼他平日最爲講究的皮鞋，這也是英國紳士們所注重的，而眼前這個瘋了的怪人，除了腳上綁着布條之外，雙腳赤裸裸地什麼也沒有，一點也沒有紳士的模樣。

那漢子對於伊的問話似懂非懂，仍然一味地注視伊，好像要看穿伊似的那般仔細，側着耳朵，想要再聽一遍，似乎他患了嚴重的重聽。

「你是不是獅湖鎭的阿年頭家？」伊鼓足聲音大聲的再問了一次，吸引了一些圍觀的人們。

他兩眼仍然遲滯地望着伊，搖搖頭，不知聽懂了伊的問話沒有，揮舞着手中的破舊雨傘走了，旁邊圍觀的人們帶着疑惑的神情散開了。伊對於自己的假設與求證彷彿完全失去了信心，可是天底下竟也有這麼相似的人，或者他的理智根本已經喪失，對於自己的過去一無所知。

伊仔細的回想，過去所聽到的有關阿年舍的消息，全都是傳說而來，自己既沒有親眼看見他的遭遇，卽使在他爲了土地忙着興訟的那些時日，也根本沒見到他的人影，在失去了音訊後，突然傳出他發瘋的謠言，而謠言又都說得那麼逼眞，使伊不得不相信這絕非空穴來風。

可是，若按今天伊的仔細觀察，能够百分之百的肯定他不是阿年舍，形貌上是有些相似處，但他臉上綠豆那般大的痲點却是阿年頭家臉上所沒有的，雖然他手中同樣有一把雨傘，但那只能說成是巧合。總之，對於先前的假設，經過一番求證之後，終於被伊完全否定了。

若果伊的判斷是絕對正確的話，則新的疑點又在伊的心中形成，那就是阿年舍的失踪不在故鄉露面，又是代表一種什麼樣的意義？他是否仍然活在這個世界上？

月旦一直深感愧疚的心，由於自己否定了那位瘋子怪人就是阿年舍，而稍稍感覺舒暢。雖然他的去處至今依然在伊心中結成一個結，但總有一個希望在伊心中滋長，伊並不想獲取什麼，伊只想將他的一對小兒女完整無缺地交還給他，畢竟他們也算是阿年家族的骨肉，雖說他們家族已經沒落，但血統的存在與留傳依然是不可磨滅的。

伊依然早出晚歸的在小鎮的「春來妓女戶」上班，伊總想趁着殘餘的青春多賺一點錢。其實伊的青春早已埋葬在悲苦的歲月裏，伊總是爲了孩子們做長遠的打算，伊不像其他上班的女人那般閒來無事，就三五成羣的聚賭，有的甚至於拿錢倒貼小白臉，她們逕自尋求一時的歡樂，或者境遇的不同，或者是伊過怕了那種無依無靠，窮困寒冷無助的日子，年齡也許多少是有點關連的罷。

日子平淡的過着，月旦的孩子們也逐漸在成長，大兒子十二歲，一對雙胞姊弟也已七歲，伊眼望着他們在歲月裏成長，也同時驚覺自己的眼角又加添了幾許皺紋，這是女人最忌諱的，每當攬鏡妝扮，幾年來卽已發現年歲的增長，對於自己目前所從事的職業，有了很大的威脅，畢竟尋花問柳的男人，都想找年輕貌美的女孩，像伊這樣要逼近四十大關的女人，任何條件都遠不及貌美體健的姑娘們，雖然徐娘猶有風韻在，但喜歡的男人自是有限得很。

尤其近些日子更感覺體力的負荷，已經大不如前，預感裏好像自己隨時都有倒下去的可能，而在困苦中成長的伊，却有一股常人所沒有的耐力與堅毅，伊希望自己能够堅持至最後，伊雙肩的責任不能使伊卽刻就倒下去，因此，這一點點的小問題並沒有在伊心湖泛起多大的漣漪，之後伊又如平常一般兢兢業業地固守在自己的崗位上。

在公共場合裏討生活的女人，由於所接觸的人各色各樣，常是病毒傳播的媒體，雖然採取防範措施，但依然防不勝防，這也是她們最感痛苦的一件事。小鎭位居港口，大小船隻停泊的機會正日趨增多，繁榮了地方，也繁榮了各種公共場所，討海的人或者行船的人，在海上飄泊倦了，都想找個地方發洩發洩，這些人除了本國人之外，外籍尋芳客也不在少數，中外雜處，國際性的病毒更加肆虐猖狂。

不幸的事總是如影隨形的跟隨着伊，首先伊只覺得下體有點異乎尋常，起初伊並不把它當作一回事，因爲沒有疼痛的感覺，只當做一般情況來處理。

伊想，以前也時時會有這種狀況發生，大部份是因爲客人們太過粗魯的行動所引起，但遇到這種情形，都是利用幾顆消炎藥片就解決了，可是如今這種情形却與往日的症候大不相同，時隔數日，事實證明事情並不如想像中那般簡單，由初期的異樣，開始有了疼痛的感覺，伊的內心也禁不住起了一陣恐慌，或者病情不怎麼嚴重，除了恐慌之外，伊只吃了一些成藥，找個西藥房老闆打了針，心裏可變得踏實多了，總想過一陣子自會痊癒的，伊又繼續工作。

再過數日，伊在沖洗時竟發現內部有一硬塊，疼痛就是發自這個部位，伸進去的手摸觸到這一硬塊，疼痛就更加劇烈的沖激着伊，伊照舊是找平常注射打針的那家西藥房，以為如此自將消散，做了這一番處理，伊內心有了一份安全感，伊想會開西藥房的，任何疑難雜症都有把握藥到病除，就是這一點錯覺，以致害苦了伊。

因為伊的皮膚對於盤尼西林有不良的反應，西藥房老闆只得給伊施打 606，這是目前最好的病毒藥劑；由國外進口，價錢昂貴，貨源也不充裕。剛剛接受治療的初期，還可抑制病毒的繼續蔓延，病情也曾經稍稍好轉，伊正感覺人生仍然充滿一大片希望的遠景時，潛藏體內的病毒却開始蠕蠕欲動，伊的皮膚表面也開始發現疹子，全身淋巴腺腫脹，其痛苦的情狀已經不是忍耐所可以打發過去的，當伊再次前往西藥房求醫時，藥房老闆眉宇間現出隱憂，看來他也是束手無策了。於是，老闆只得坦白的向伊明說：

「妳的病毒太深了，連 606 都沒有效了。」

「老闆求您救救我，您一定要救救我。」多日來的病痛，折磨得伊幾乎完全走了樣。

「以前妳是否有類似的情形發生？」

「有，不過沒有那麼嚴重，幾顆消炎藥丸吃下去，就自動消散了，沒想到這次……」伊無助地喃喃自語，着急得眼淚潸潸地往下流。

「唉，我看妳只有到性病醫院接受檢查治療。」西藥房老闆到頭來，也只能講這麼一句輕鬆的話了。

留在伊心中的，却是一連串的難題，至少在病毒未根治前，不可能再上班了，而這一停頓，一家四口的生活又成了問題，雖說身邊稍有積蓄，但治病這段期間總得花費一大筆錢的。

想及這些心煩的事，伊眞不敢面對現實了，尤其不敢面對孩子們，自己將不幸傳延給他們，他們幼小的心靈那裏承受得住種種無情的打擊，孩子們沒有父親，已經够讓他們羞辱了，雖然目前年歲尙幼，那麼將來呢？孩子們終也有長大的一天，難道眞要欺矇他們一輩子嗎？一失足成千古恨，自己要負起泰半的責任，一味怨天尤人是不公平的。

毫無目的的閒逛了一整晚上，從西藥房那邊出來後，伊就顯現得憮憮然。

在風塵中，伊曾擁有過金碧輝煌的歲月，在風塵裏討生活，也曾使得伊滿足了物慾上的需求，當然風塵生活也爲伊帶來屈辱與苦惱，而今眼看自己就要倒在風塵中，伊想這是不是公平的報酬。伊有點不甘心，悲苦的一生從沒有使伊氣餒，病魔却要攫奪伊的歡笑，以及一生中的幸福，而伊也充滿了信心，希望能够戰勝一切悲苦。

回到家，孩子們睡了。伊不在家的日子，大兒子會把家事處理得有條不紊，甚至於照顧年幼的弟妹，也由他一手包辦，使伊有足够的時間，爲了生活在外奔波，伊也懵然憬悟，孩子們一個個都成長了，該是離開風塵的時候了，却不幸在萌退意時，病毒竟狠毒地纒附在伊身上，幸運之神似乎永遠都離得伊那麼遠。

看着孩子安詳甜美的睡容，他們似乎在夢裏遇見什麼快樂歡暢的事，小女兒還不時夢囈着：

「媽媽。」

伊情不自禁地伏下頭去，輕輕親吻了一下女兒的面頰，一種母性的光輝流露在伊身上。

暫時忘却了病毒給自己所帶來的痛苦，也暫時拋却了風塵的生活，伊想過一段淸靜的日子，也想利用這段時日好好療病。畢竟，人總要爲將來打算啊。

7

赤禍泛濫整個大陸，政府遷臺，T市已成爲戰時首都，政治、經濟、文化等，也都以此爲重心，政府更在盡全力建設這個戰後新興的大都市，這裏的一切都在急速的發展中，許多日據時代的大地主們也都紛紛湧向T市，轉業經商或開工廠，一時T市人文薈萃，成爲全島的精英之地。

阿年舍，現在沒有人再叫他阿年舍，那是古老古老以前的稱呼，現在人人都稱呼他黃董事長。

名片上印着一大堆密密麻麻的頭銜；萬年紡織公司董事長、大同鐵工廠董事長、T市合會儲蓄公司董事、萬年窯業公司總經理、T市商業同業公會理事長……還有很多很多什麼理事、監事之類的沒有印上去，光只是這些頭銜就佔據了名片的三分之二，留下的三分之一，還要勉强的擠下他的大名「黃萬年」，以及住址和電話號碼。

當初他帶着家人來到這個人生地不熟的T市，一點人際關係也沒有，以前的那些朋友，自從他落難後一個個都不曾再見過面。他之能有今天這個飛黃騰達的局面，他那張能言善道的嘴居功不小，再加上他平日一身紳士的妝扮，與他交往的人，都以爲他就是某某大公司的董事長、總經理，其實那時候他只不過是剛剛起步的小生意人，他把那些政府收購田地的債劵作爲起步的資本，他除了糧食債劵之外，同時還分配到一些其他債劵。

如今他的工廠總共擁有數千名員工，由於他的經營得法，以及平日對待員工們親如子弟，因此，員工們拼命的爲他效力，因此，業務蒸蒸日上，當然他也付出了加倍的代價。

往昔的阿年舍，人們只認爲他是不事生產的紈袴子弟，整天遊手好閒的打扮成紳士模樣東晃晃西逛逛的，有時候竟連正房的元配夫人都嫌棄他。可是，人家現在可不同了，他發揮了潛能，他再也沒時間打扮成紳士在街路上闖蕩，也沒有時間爲人家做無謂的排難解紛，時間對他來說就是金錢，有時候也會覺得一天二十四小時仍不够分配，若果能變爲四十八小時就更理想了。

他除了忙於處理公司的業務之外，每星期還得抽出時間到他所經營的每個工廠去巡視，看看員工們是否有困難需要解決，看看自己所重用的幹部們是否盡心盡力，因爲他們是代表他本人在執行業務。

同時，他還得撥出時間來參加各種會議；有的是公司的工作會報，有的是同業公會的理、監事會議，又有的是各行業間的協調會。總之，每天都有許多開不完的會等待着他。

這些都是他爲了自己的事業前途與地位所做的種種努力，錢在他的腦海中，永遠不會嫌多的，只要有錢賺，任何機會他都不會錯過，即使要他向人下跪也在所不惜。他就是這種人，因此，他的龐大事業就在他的這種手段與頭腦下鴻圖大展。

而有錢人的勢利，却是隨着他的錢財的積蓄而相對增長，這也是難免的事，如果，他樂於助人、急公好義，也就沒有那麼多錢可以儲存了。

離開家鄉幾年了，他從來都沒得空好好的回想過，有時候夜深人靜，他也得策劃明天的事。大都市住習慣了，一旦回到鄉下，總有許多不習慣的地方，而故鄉却有他青梅竹馬的玩伴們，還有曾經屬於他的，而如今已經分散的田地，那些田地面積之大連鳥也飛不過去，這椿事地方上的人們都是耳熟能詳的，還有更重要的，就是故鄉葬有生養之恩的父母，這也是最值得他記掛的一件大事，其他的似乎都已經不再在他的記憶中出現，人有時候在生活的壓迫下，會變得異常現實。

以前的獅湖郡，光復後改行政區爲鎭，獅湖鎭是個農業鄉鎭，鎭民們個性純樸，因此，他們總是本分辛勤的耕作着，他們這些田地十之八九都是阿年頭家的，自從耕者有其田實施之後，他們才算眞正擁有一份屬於自己的田產，否則這個佃農眞不知道要幹到那一輩子，如今他們的生活比起先前來已經大大改善了，大家都在快快樂樂的工作着、生活着。

鎭裏年輕的一代，似乎是比較不甘於寂寞的一羣，他們不甘心青春就此被埋葬在窮鄉僻壤的故鄉，他們正伺機而動，一俟機會成熟，他們自會拋下手邊的莊稼，遠走他鄉，而去開創自己的天下。

有人從T市回來，同時也帶回來天大地大的驚人消息，於是這個消息終於一傳十、十傳百的不逕而走，全鎭的民衆都在互相傳遞着這則消息；不管相識的或不相識的：

「阿年頭家沒有瘋哪！聽說他現在在大都市裏當大頭家哪！」

「什麼大頭家，是什麼……董什麼的。」

「是董事長啦！」有人解釋，聲音之大生怕聽的人沒聽清楚。

「呵！聽說阿年紳士在城裏當董事長哪！」

消息繼續在獅湖鎭蔓延開來，連三歲的孩童也跟隨大人們窮嚷嚷。

一羣不想呆在鄉下的青年，也聽到了這個消息，雖然當年阿年頭家還在故鄉時，他們尚在襁褓之中，年長的也只不過十來歲而已，但他們總以爲親不親故鄉人，如果他們此時去找他，一定能夠謀個工作做的。於是，他們三五成羣的圍聚在店仔口。

「阿坤，我看我們該派幾個代表去找阿年頭家。」發言的是一個留小平頭的年輕人，他半蹲半坐在長板凳上。

「該派誰去呢？」名叫阿坤的彈掉手上一短截煙屁股，眼神在人羣中搜索。

「派去的人一定要精明一點的，不然一看到熱鬧的大都市，就先昏了頭。」坐在角落裏一直沈默着的一個年輕人開腔了，他雖然很少講話，但每一句話都很有道理。

「對，對。阿振說得對。」另一個也附和着阿振的話，稍後他又開口了：

「只是，該選派誰去呢？」

這也眞是一個棘手的難題，他們這一羣平時除了在田地裏耕作外，沒有人曾經出外過，頂多到鄰鄉走走，而鄰近鄉鎮與獅湖鎮相差無幾，沒什麼特殊新奇的。

最後，他們決議由阿坤、阿振，還有阿榮三個人一同北去T市，然後向傳話回來的鄉人，打聽淸楚了阿年董事長的住處。

第二天他們一行三人，高高興興地搭乘早班火車走了，他們此行帶着其他人的希望，他們像出征的壯士那般身負重任的遠離鄉關。

打從出娘胎，還是第一次看見這麼繁華迷人的都市，阿坤等三人目瞪口呆的觀望大都會的建築，鄉下比起這裏來眞是差多了，看這裏的高樓都得仰起頭來。

他們按着抄來的住址尋找，街路上一輛輛的車子疾馳而過，他們摸摸口袋還是走路的好，雖然地頭不熟，但有地址想必不難找到。

也不知走了多少路，反正太陽早已掛在中天了，他們三人還在找手中抄來的住址。

「會不會抄錯了？」阿坤走得不耐煩了，首先提出疑問。

「不會吧，臨走時我還特別對過一次的。」阿振深具信心的說。

「再找找看，都市地方那麼大，我們走過的地方還不到百分之一呢。」阿榮也表示了意見。

「有錢人家都藏在這麼難找的地方。」阿坤嘀咕着，他的意見特別多。

嘀咕儘管嘀咕，他們可不敢忘了此行的任務，故鄉還有很多青年朋友，在等待着他們的好消息。

吃飯時間過了，他們在路邊攤上隨便吃了一碗麵。

終於，他們找到了目的地。時正下午兩點，剛上班不久，公司裏的人正在埋首工作，聽說他們是來找董事長的，於是被引進了董事長會客室，華麗的裝潢他們生平第一次看見，坐在沙發上整個人都沉了下去，軟綿綿地。

「一世人也沒有坐過這種椅子。」阿坤驚訝地不時起立又坐下。

「椅子那裏是這個樣子的？這跟我們家的椅子不一樣。」阿榮說着摸摸沙發的表皮，一臉驚異的神色。

「這大概是從外國買進來的吧。」阿振說。

「嗯！」他們兩個也贊同阿振的話。

坐了一會兒，傳話的人進來說，請他們等一下，董事長正在開會。那人又客氣的倒了三杯冰涼的汽水招待他們，三人慢慢地品嚐着汽水，看着汽泡一顆顆的往上冒，心裏就有絲絲涼意。

時間在等待中過去，已經四點鐘了，還不見阿年董事長的人影，他們面前的汽水早已喝完了。

「奇怪，怎麼等了這麼久還沒來。」阿坤等得不耐煩了。

「人家當董事長的，時間就是金錢。」阿振是他們三人中比較講理的。

「有錢人都是這個樣子。」阿榮也顯得不耐煩起來。

「噓！」阿振急忙站起身子，看看門外是否有人，他生怕阿榮的話被人聽見了不好意思。

剛剛傳話倒汽水招待他們的人又回來了，這一次他手上並沒帶汽水，兩手空空的。

「三位先生，我們董事長還在開會，你們是不是可以明天再來。」那人說着表現得很內疚的樣子。

他們三人立起了身，這樣等下去也眞不知道要等到什麼時候？

「我看明天再來吧！」

「也只有這麼辦了。」

「乾脆回去算了，那裏有閒功夫在這裏窮等。」

「不行呵！別忘了他們還在家裏等我們的好消息。」

「還是明天再來一趟吧。」

最後由阿振做了決定，於是三人告辭出來，茫茫大都會，今晚他們也不知將投宿何處？踏過一條街又一條街，每一家旅舘那富麗的外貌和招牌，已使他們躡足，他們想，出外不方便，能省就省點。

「我看我們今晚就宿在火車站。」虧阿振想出這個好主意。睡火車站連一毛錢也不用花。

「可是，會不會有警察趕啊。」阿榮擔心地說。

「不會的，我們就說是趕早班車的。」阿振的腦筋比他們動得還要快。

他們三個眞的就宿在火車站，一夜也沒人打擾他們，他們的鼾聲倒是驚動了其他候車的旅客，白天走累了，而且這一天又都在緊張中度過的。看他們的睡相，一眼就辨別出是外鄉來的。

第二天醒來，陽光照進候車室，大地充滿一片光明，他們內心蓄滿希望。

他們帶着陽光的歡笑，他們跨出希望的步伐，他們又一次拜訪了阿年董事長，跟前一天沒有兩樣的，他們在會客室的長沙發椅上枯坐了好幾小時，還見不到董事長的大駕，因爲董事長還是在會議，抽不出空來，好像當董事長每天都有開不完的會。

事實並不如他們剛出發時想像的那麼圓滿，阿年董事長對於故鄉的青年，並沒有特別的呵護與提携，看來他們三人此行是白走了。

而他們之中的阿振，却是意志較爲堅毅的，他希望能以自己的毅力，來感動阿年董事長，因此他提議：

「我看我們還是明天再來，他總有不開會的一天。」

「不要再等啦！等個什麼勁，浪費時間。」阿榮性子急。

「還是回去吧，再等下去也不是辦法，也該回去給他們回個話了，都來三、四天了。」阿坤也提出自己的看法，表示反對繼續等待下去。

於是，他們臨時開了一個緊急會議，少數服從多數，他們終於決定不再等了，他們就像一羣戰敗返鄉的武士，他們深深覺得無顏見家鄉的青年朋友，但他們確實已經盡了最大的努力，只是事實出乎意料的不理想。

他們這一羣滿懷壯志，想在異鄉闖蕩前途的青年們，最終還是屈服在現實的挑戰裏，雖然，他們仍有高度的熱誠與期盼，有一天他們定能在他鄉舒展抱負，完成心目中的願望，但看來目前他們只能暫時安於莊稼。

8

關於阿年舍的種種，傳聞也由他的故鄉傳到了鄰鄉月旦的耳中，雖然伊離開獅湖已經好幾年了，但對屬於自己第二故鄉瑣瑣碎碎仍是相當關心的，那裏有伊的青春年華，那裏也有伊花一樣美麗的憧憬，雖然，伊最後是傷情地離開那兒，但美麗的回憶，終究不是輕易忘得了的。

伊的病經過一段長時間的療治，不但沒有好轉的趨勢，反而日益惡化，伊的經濟來源也由於伊的病體未見痊癒而枯竭。伊與孩子們的生活也成了問題，所幸這些年來在歡場中討生活留得了一些積蓄，否則在舉目無親的異鄉，眞不知該如何維持一家四口的生活呢。

病毒在伊體內仍然肆無忌憚的恣意横行，伊的身體也被病魔蹂躪得日漸消瘦了，在最痛苦的時候，伊想能够就此了却殘生，免受病痛的折磨，該也是最幸福的事，但一想到孩子，生的意志又重新昇起。伊有足够的信心戰勝潛伏在伊體內的病毒，也因爲伊有强韌的生命力，所以病體一直在時好時壞中持續着。

自從有了阿年舍的消息後，伊心中悄悄有了打算，伊希望能將他的兩個骨肉送還他的身邊，如此不但使得兩個孩子返祖歸宗，而且也可以免去姊弟倆，跟着自己過朝不保夕的生活。伊總認爲阿年舍絕沒有不認自己親骨肉的理由，因此，伊自信滿滿，只等待病體稍稍好轉之後，打聽到他的住址，然後携帶兩個子女，尋找他們親生的父親去，事情一經決定，伊就積極準備着。

月旦的所有積蓄終於被病魔攫奪了，而伊體內的病毒依然繼續在蔓延，伊的頭髮也開始慢慢掉落，伊最後終於受不住病痛的纒身，也爲了生之欲念促使伊下定了求醫的決心。

在診療室裏，醫師正爲伊細心地診斷，嚴重的病情使醫師的眉宇間隱現憂慮。

「妳在什麼地方上班？」醫師帶上眼鏡在書寫診斷書內容。

「在妓女戶。」伊紅着臉不好意思地低下頭。

「妳發現有這種症候到現在有多久了？」醫師取下聽筒，摘下眼鏡注視着伊。

「大概一年以前。」伊據實回答，望着醫師炯炯有神的雙眼倒有些害怕。

「怎麼這麼長的時間才找醫生?」

「這段期間時好時壞，在西藥房裏買藥吃，以爲這樣就沒事了，當時也沒十分留意。」好像接受審判長訊問那般，伊審愼地回答醫師的問話。

「成藥不可以亂吃的，尤其像妳這種病，不是普通疾病，現在妳體內血液都已經滲進毒菌，開始在皮膚表層呈現病毒的徵候，妳仔細看看妳的臉上已經有紅斑出現，而且頭髮也開始掉落了。」醫師帶嚴肅的表情向伊解說。

這倒是伊未曾發現的，這些日子來，只爲了三個孩子的生活在煩心。同時病毒更加猖狂的侵肆伊，伊那有閒情逸致攬鏡自照，因此，醫師這番話猛然點醒了伊，伊迅速站起來尋找鏡子，想要看看自己的臉，醫師望着伊焦急的背影直搖頭。

伊頽喪地回到坐椅上，用乞求的目光注視着醫師，希望醫師能救救伊。

「照病情推斷，妳得的是梅毒。」這在伊來說還是第一次聽說過，但從醫師說話的表情中，伊明白這是很痲煩的一種病症。

「那是不是沒有藥醫了。」一絲冰冷由脊椎深處昇起。

「有是有，不過這種藥很貴，但也只有這種藥才能治好。」醫師好像在擔憂這筆龐大的醫療費用伊是否付得起。

聽醫師的口氣，這筆醫藥費用一定很昂貴，伊也在擔心自己是否有能力負擔得起，即使掏空了所有的積蓄治好了病，那麼以後的生活該怎麼辦呢？萬一自己就這樣倒下去，那孩子們又該怎麼辦？伊前思後想，一生波折的遭遇給予伊的打擊已經够大够深了，如今却又要讓伊承受更惡劣的災刼，蒼天無眼哪！伊焦急的心滴淌着血，淚湧出眼眶，低下頭匆匆揩掉淚珠，淚痕仍若隱若現的殘留伊未施脂粉的臉上。

打了針拿了藥，伊向醫師說改天再來，醫師也頻頻叮囑，要伊及早診治，否則性命難保。回到家，伊整個人像要癱瘓那般難受，幾個月來堅强的生之欲念，一時像決堤的洪水，要想振作起來已經不是那麼簡單的了。

看到孩子們在屋的一隅玩他們的遊戲，伊的心比病毒的侵擾更難過，孩子們看見媽媽回來，都停止了手中的玩具依偎在伊的身畔。

「媽，您怎麼哭了。」大孩子機伶的發現母親的臉上留有淚痕。

「媽，您是不是肚子餓了。」小女兒永遠是一副天眞無邪的模樣。

「媽，是不是那一位伯伯又欺侮您了，我去找他算帳去。」小兒子手拿玩具手槍衝出門去。

看着孩子們各種不同的表情，伊內心有股暖流流遍週身，多年來孩子們就是伊的慰藉、精神的支柱，也是伊求生欲念的泉源。

盤算這些年來的積蓄，除了近來的生活費，不知是否足够應付治療病毒的醫藥費，即使足够，那麼將來母子四人的生活勢必成了問題。

就醫或者不就醫，連日來伊一直徬徨在這問題上，也因此而拖延了求醫診治的時間，自從上次看過醫生後，病情依然沒有好轉，臉上的紅斑逐漸擴大，而且有潰瀾的情形發生，頭髮也掉落得比先前更厲害了。

有一天清晨漱洗時伊竟發現潰瀾已經漫延了二分之一以上，沒想到一個晚上的變化竟這麼大，疼痛侵蝕着伊，伊終於無法再忍受病痛的騷擾了，伊終於帶着惶恐的心情住進病院，伊暫時不去煩憂將來的生活問題，孩子們臨時托付他人代爲關照。

醫師將伊送進急診室，經過臨時召集的數名醫師的會診，一致的結論是：再緩幾天前來就診則生命恐將不保，因爲「梅花」已經「昇了天」，而且到了臉部。醫師們決定使用最上等的治療病毒的藥，沒有人幫伊辦理保證手續，也沒有一個親人在旁照料伊，一切都由伊一手處理，苦難的一生施予伊的訓練在最急難的關頭完全派上用場。

强而有力的藥劑嚴密的控制了病毒的再擴張，但身體的某些器官；如臉、手等潰瀾部份已經未克痊癒，皮膚的表層附著着斑剝的缺陷，生命是保住了，這也是伊唯一的願望，希望的火炬仍然生生不息地點燃在伊的心坎深處。

病癒以後，斑剝的痕跡仍然殘留在面部，而且所佔的面積也不算小，剛剛回來的頭一天孩子們嚇壞了。

小女兒更是哭得哇哇叫不敢靠近伊身邊，她幼小的心靈無法適應這種突變，一時間竟以爲是陌生人闖進了她的生活圈，大兒子較懂事，儘量不去觸及媽媽內心的傷痕，小兒子只一味地廻避母親，形同陌路，一切變化得太突然了，突然得在他們幼小的心中無從接受。

龐大的醫療費用，使得伊多年的積蓄用光了，往後的生活也成了問題，三個孩子的教育更是個大難題。

能够告貸的地方伊都走遍了，世風日下，人心不古，人們看見伊落難的下場，也不敢輕易將金錢借貸給伊，倒也有一些善心人士幾塊、幾塊的捐贈給伊，接受這些錢，伊的心裏有從沒有過的難受，人本來都有自由生存的權利，爲了生存竟要落得如此下場，對伊眞是極大的諷刺。

孩子們捧着全是蕃薯只飄了幾粒米的稀飯，楞楞地望着餐桌上僅有的一盤菜，而菜也只是豆鼓拌豬油渣，那還是隔壁阿林嬸賣豬時，跟豬肉商討回來的豬油，他們家榨了油後剩下的渣則送給月旦伊們。

平常時候孩子們豐衣足食慣了，要他們忽然之間改變生活方式，也眞不是件容易的事。

大兒子年長較懂得不讓媽媽傷心難過，挾着桌上僅有的菜餚往弟妹碗裏送，自己也開始大口大口的扒蕃薯稀飯，弟妹們看見大哥的動作，也學着哥哥的模樣一口一口的往嘴裏扒，一面扒着稀飯，還一面看看母親的神色。

孩子們的動作在伊心中激起了巨大的震顫，眼淚串串的掛在臉上，伊想要不是自己的如此遭遇，孩子們也不致於跟着受苦受累，從小伊就一直不讓他們受到傷害，呵護他們，他們想要吃的，他們想要穿的，無一不如數辦到，伊總是不想讓缺少了父愛的孩子，再受到任何外來的侵擾，雖然，物質的享受未必能彌補他們所失去的，但至少伊的內心會覺得好過些，伊一直覺得這罪魁禍首是伊自己。

先前曾經計算過的問題，現在又在腦海中重複出現，伊曾想過讓阿年舍的兩個子女回到父親身邊去，本來這件事也只是想想而已，並沒有太堅定的決心要讓孩子們離開伊，但如今到了這步田地，自己又不能讓孩子們有個溫飽，因此就更增强了伊的決心，決心帶着兩個孩子找尋他們的父親去。

身邊是有了阿年舍的住址，但T市距離這裏很遙遠，想要到那兒去必須乘坐火車或者其他交通工具，但身無分文，那遙遠的城市說什麼也無法到達的。

一經決定的事，伊絕對沒有改變的理由，堅强的個性一直是伊一生中的特徵。

於是，伊帶着孩子們離開了原不是他們故鄉的小鎮，孩子們不知道母親要帶他們去那裏。

「媽媽，我們爲什麼要離開這裏？」大兒子想要知道他們離開的原因。

「媽，我們現在要到什麼地方去玩？」一雙小兒女同聲齊問，同時張着疑惑的眼神，在他們幼小的心靈裏一點煩憂也沒有，他們只當母親是帶他們出外遊玩的。

伊收拾好行李，鎖上門交代隔鄰的阿林嬸，這一去又不知何時方能再回來，房子是別人的，退租的事就交由阿林嬸處理，還好房租早在半年前就付淸了，否則現在眞不知要拿什麼付房租呢？

「我們去很遠的地方，去找你們的爸爸。」伊對着小兒女兩個，孩子莫名的聽着。「爸爸」這兩個字在他們聽來非常陌生，雖然別家小孩天天叫爸爸，但他們可從來也不曾叫過。母親今天的這番話，在他們的心中確實激起了無限興奮的漣漪，他們終於也要有爸爸了，要不是即將出遠門去找爸爸，他們可眞想趕快跑出去找玩伴們，告訴他們這個天大地大的好消息，而他們看看大哥，他却沒有一點高興的樣子，只看着窗外在發呆。

沒有車錢，母子四人只得走多少路算多少，走累了就停下來休息，而每到一處地方，人們看見伊斑剝的臉容，以及牽牽扯扯的三個孩子，身上衣服也由於沿途的跋踄而顯得髒亂不整，都以爲伊是要飯的乞食，於是紛紛解囊施捨，供應飯食。起初接受這些施捨，伊內心眞不是滋味，以前每當看見在街路行乞的人，伊都是毫不思索的投下溫暖的關注，每次佈施乞食之後，伊的心裏總是覺得異常充實，覺得自己又做了一件好事，最起碼讓貧窮的人獲得一點實質上的安慰，覺得這個世界上仍然有光和熱。

十年風水輪流轉，如今自己竟也淪落成路邊行乞的乞食，雖然這全是路人好心的施捨，伊並沒有向他們行乞的本意，在伊堅强的內心裏重重的敲起了廻音，從此伊不敢再以眞面目示人，伊蒙着臉繼續未完成的行程。但一路上人們仍然將他們當做乞食那般的施捨，伊未便拒絕他們的好意，一任自己扮演乞食的角色，其實若不如此，他們一家人的生活更加沒有着落了。

習慣成了自然，孩子們也隨着母親度着挨家挨戶乞食的歲月，在他們幼稚的心靈中，或許不知天高地厚的不以爲意，但每當孩子們沈沈入睡在夢鄉時，一股無限沉痛的內疚在伊心中昇起，自從生命在伊體內成形，悲苦卽開始在他們歲月裏萌芽，如今更要餐風宿露的沿街行乞，還要忍受街路邊孩童們嘲笑歧視的眼神，有時候伊眞想一死了之，但如此孩子們便成了沒娘的孩子，有娘的孩子是塊寶，沒娘的孩子是枝草，最起碼孩子們現在仍然是塊寶，伊不能讓他們失去了這最基本的條件。

一村走過又一村，他們的目標是遠在數百里外的大都城，而依照他們目前的行進速度，這數百里也不知該走到那年那月才能够到達。

「媽，爸爸到底在那裏呢？」小女兒發起嬌嗔，這些日子來的顚簸跋跡也眞是苦了孩子們。

「就快到了。」伊望着遙遠的天之一隅，其實連自己也不知道要走多少路才能到達那個大都城。

「我好累哦，走不動了，媽停下來休息嘛！」小兒子忍受不了一路的跋跡之苦，這樣懇求着。

大兒子一路上甚少講話，年歲較長，懂事較深，他知道此番跟着母親沿路行乞，是多麼喪失自尊的事，但他又不能够阻止母親這樣做，目前他們的生活只有這樣方能度過，這一點他尚可體悟，母親的遭遇以及病後的心情他也能領會，十二歲大的孩子竟也要負荷那麼多那麼重的擔子。每當他接過路人施捨的銅板，他總是將頭低垂得碰及膝蓋，他也不知道自己這種動作是代表深深地謝意，或只是爲了逃避施捨者那銳利的目光。

他也曾想及自己的身世，這個結一直悒積心底好幾年了，在他早熟的心智領域裏，老早就曾將這個問題細細思量過，畢竟弟妹們比他幸福得多，至少到目前爲止母親不曾在他面前提過隻字片語有關他生父的事，在他心中所塑造的父親的形像是可望不可及的，甚至於有時候他也會認爲自己的來到這個世界是多餘的。

但有關身世的問題，他可不敢面對母親的面談起，他怕因此而刺傷到母親的創疤，他不希望已經埋葬了的往事，由於自己的追問而重新掀起滔天的浪花。

如今，母親要帶着弟妹們尋找他們的父親去了，他非常羨慕弟妹們，爲了他們的幸福，路上卽使吃更多的苦他也願意，十二歲的孩子這種種細密的心思遠遠超過了他的年齡。

獅湖鎭就在眼前了，伊也不知道怎麼會乞討到這裏來，走往北上的路或許勢必要經過這個鎭吧，這裏曾經是伊的第二故鄉，雖然伊不明白究竟自己的第一故鄉在那裏。

但在感情上這生命中的第二故鄉却遠比第一故鄉更令人難忘，伊不想忘却什麼，雖然伊的青春歲月曾經葬送在這裏，雖然伊在這裏的故事，鎭民們皆耳熟能詳，而伊仍然要看看再度輝煌自已歲月的小鎭，是不是比往昔更蒼老了。

伊發現整個獅湖鎭都沒有改變，也沒有變得蒼老，反而變得更繁華更年輕了。街道上增建許多新的屋宇，人口似乎也比往昔增多了，總之，一切都以新的姿容迎接伊的歸來。

歸來、歸來，伊的姿容已改，往昔的青春年少不再，往昔的風華美豔也早已隨着歲月的巨浪流得不知去向，這裏的人們對伊是全然陌生的，他們說什麼也不會聯想到眼前這個携帶三個孩子的乞食婆，就是當年某某食堂紅透半邊天的翠花姑娘——阿年舍的三姨太。

伊一條街沿着一條街耐心的走下去，伊想撿回伊曾經留下的任何一個脚印，而新舖的路面却阻擋了伊的視線，卽使目光銳利如劍也找不到昔日的痕印。

走過當年伊上班的食堂，却不見伊人的踪影，四週新的建築替代了過去低矮的房子，這幾年的變遷確實不小。

食堂前邊的這條路，每天伊不知要走上幾回，除了上下班之外，偶而外出也須經過這裏，那時候伊走在這條路上，路人總要多看一眼經過妝扮的伊，伊的風華也是這附近出了名的。

而今，伊仍然走在這條路上，路人仍然佇足好奇的多看一眼，現在人們拋出的眼光却是好奇與同情，好奇的是蒙着的到底是一張什麼樣的臉，同情的是生育了一堆子女，却未能享受家的溫馨，還要拋頭露面的在外行乞度日。於是，有人猜測伊是一名被丈夫遺棄的妻子，也有人說伊可能是死了丈夫的寡婦，爲了撫育兒女們才行乞於大街小巷的。

人們感念伊那偉大母愛的情操，同情伊悽慘的遭遇，憐憫與關懷自四面八方傳送過來，這個世界給了伊無限的溫暖，這個世界也給了伊活下去的勇氣。

鎮裏的人紛紛傳說當年地方上的名紳士阿年舍要返鄉來探親了，聽說他要在故鄉開設工廠，讓故鄉的青年子弟們多一份就業的機會，獅湖鎮的鎮民莫不個個稱頌，並且爭相走告，好像第一特獎落在獅湖鎮上那般興奮。但是，也有一小部份偏激份子大不以爲然，他們認爲阿年頭家之所以選在故鄉開工廠，完全是爲了這裏的工資低廉才這麼做的，他完全是想剝削故鄉子弟們的勞力。

伊也聽說了這個天大的好消息，眞是天公疼憨人，由於阿年舍的回鄉而省去了伊們母子多少坎坷的道路，伊於是準備在獅湖多待些時日，等候阿年董事長的到來。

伊不敢奢求他能夠收留自己，只要他肯認領兩個親生子女就心滿意足了。以目前這副容貌，連自己都不敢相信那是昔日的自己，何況離別多年的阿年舍，伊也就心或者由於他不認得伊而拒絕認領一對小兒女。

而伊仍然不灰心的等待阿年舍的返鄉之日，伊想親骨肉終歸是親骨肉，更何況這一雙小兒女有很多特徵像極了他們的父親，就憑這一點血親的特徵，他斷不會有不認親生子女的道理，想及此伊更是信心百倍的苦等。

這一天終於在苦苦地企盼中到來，這一天豔陽高照，晴空萬里，似乎連老天爺都興高采烈的迎接這位衣錦榮歸的故鄉人，大街小巷掛滿了鞭炮，今天一早，鎮上的里幹事們就挨家挨戶的去提醒這件事，人人都擠在街路上，準備一睹這位曾經被誤傳爲發瘋了的舊日大地主的歸鄉，人家現在可是大城市裏的大財主董事長，今日的風采自不同於往昔，連老一輩的鎮民們都互相扶持着來迎接他，這熱鬧的場面簡直比迎神賽會還要盛大。

阿振、阿坤、阿榮這三個曾經遠征T市訪晤阿年董事長的壯士們，也夾在人羣裏，雖然上一次他們專程拜訪未果，今天他們可要好好看看到底他是什麼樣一個三頭六臂的大人物。

伊一大早就漱洗停當，喚醒猶在睡夢中的孩子們，撿最乾淨的衣服爲他們換上，儘量把他們打扮成整齊的模樣，因爲他們的父親今天就要歸鄉，而他們很可能就此要跟着自己的父親，到另一個大城市去，過另外一種豪華舒適的新生活，伊內心裏著實也爲孩子們興奮，這一切都是命裏註定的呵，同是一個娘胎出生的，老大就沒有這個福份，而今而後仍然要跟着母親繼續流浪的生涯。

昨天晚上當伊將這個好消息告訴他們時，他們都手舞足蹈的連連親吻着媽媽的臉，媽媽告訴他們從明天起他們就有好吃的好穿的，然後爸爸會讓他們上最好的學校，上街走路都坐汽車代步，他們高興的擁抱着甜美的明天入睡。

而大兒子則一個人靜靜地躲在角落裏，當伊注意到他時，兩行淚汨汨的掛在面頰上，伊走過去撫慰他，他竟嗚咽地趴伏在地上抽動着雙肩，久久不能停止。

伊不禁也悲從中來，這苦命的孩子命運全然與自己一模樣，對於他伊總是加多一點點的關愛，在他身上可以找到一絲初戀情人的影像，而那影像正好也是苦難的象徵。

遠遠地就能够聽到鞭炮聲響起，大概來了。伊想，在人羣裏整整站了兩個多鐘頭了，爲佔據一個讓他能够一眼就看見的位置，伊在衆人還未到來之前，就已經先他們而來了。

鞭炮聲夾雜着鼓掌聲，聲聲傳進伊的耳鼓，伊的心也加速地跳動，幾乎就要跳出胸口。

街路上除了稀少的車輛在行駛之外，幾乎完全都被他們的車隊佔住了，前頭有兩輛摩托車前導，後面一輛私家轎車，再後面就是阿年頭家坐的車子，爲了方便他與民衆們見面招手，鎭長特地爲他備了一輛敞篷的車子，爲了迎接這位昔日大地主今日的大企業家的歸鄉，確實也花費了不少精神。

站在他身邊的是獅湖鎭的鎭長，他也不停的向夾道的民衆們揮手，今天他可是沾了阿年董事長的光，阿年董事長手執麥克風，不停的向各位鄉親們打招呼：

「各位父老兄弟姐妹們，大家好……」

人們還未聽清楚以下的話，他的坐車已經匆匆而過，伊緊張的心情隨着車子的接近愈加緊張了，伊突然間竟對自己失去了信心，別離了那麼多年，該怎麼開口喚他？在如此盛大熱鬧的場面裏，自己渺小的聲音是否能够傳入他的耳中。

拉住孩子們的手在冒汗，而且微微地在發抖，雙脚也無力得像要癱瘓似的，伊眞想趁着人聲吵雜的時候離開現場，但期待已久的希望在支撑着伊，若果放棄今天的機會，則永遠將再無希望，況且這個願望伊已經希冀好些年了，眼看就要實現，怎麼可以臨陣逃脫呢。

坐車近了，近得與伊只有咫尺之隔，伊摒息緊張的心情，鼓足勇氣大聲的呼喊：

「阿年頭家，停，停，阿年，等一等。」然後衝出去用整個身子阻擋了車子的去路。

一時之間人羣中起了大大的騷動，走在前頭的前導車亦急匆匆地回過頭來，口裏吹着哨子，阿年董事長站在車上一臉恐慌地望着這名蒙臉的婦人，他根本都不認識這名婦人。人們更投以驚異的眼光，由於伊來到獅湖行乞已有一些時日，因此人們大都認識伊，他們以爲這個蒙臉的乞食瘋了，昨天在街邊乞討還不是好端端的，怎麼一天之間竟會變得那麼快，人們警覺地讓出一條路，生怕挨瘋子的揍。

有人拉住伊，三個孩子驚嚇過度地擁抱着母親哭做一團，伊正想向坐車上的阿年董事長說什麼。

有個人已經吹着口哨指揮前面的車子先行，而另一個人却拉住伊不放，使得伊跟坐車的距離拉遠了，伊聲嘶力竭的高聲叫嚷：

「阿年舍，阿年頭家，阿年，我是翠鳳啊！」

車子已經慢慢駛去，車上的阿年董事長回過頭來望了伊一眼，車子仍然繼續前進，伊在人羣裏歇斯底里地呼號着：

「他們是你的親骨肉呵！」

三個孩子拉着母親的衣角陪伴母親哭泣，夾道的歡迎人潮逐漸散去，一些人仍停留在那裏莫名地望着他們母子，一些人則圍在路邊談論剛剛發生的那一幕，最後人們還是毫無結果的散開了。

一個希望幻滅了，這個希望在伊心底蘊育了多麼長的一段時間，也許自己根本都不須要抱持這個毫無希望的希望的，但爲了孩子的幸福伊想總得一試，否則平白放棄了應得的權利，將不是後悔所可以彌補的。

現在，一切都成了泡影，看來應該另外想個辦法了，孩子們若果繼續留在自己身邊，將來不但對不起孩子們，而且自己的良心也將永遠難安。

於是，伊到處打聽，希望有那一個慈善的家庭願意收容這三個孩子，只要供他們吃住，同時能够好好供給他們良好的敎育，伊也就心滿意足了。

可是誰肯收留這三個行乞街頭的乞兒呢？伊再也不敢存有任何奢望，不過伊最後想到了，如果能够交給孤兒院，該是一個很好的辦法，除了這一條路之外，伊再也沒有其他更妥善的安置孩子的辦法了。

累了一整天，孩子們疲倦地蜷臥地舖上，小脚一上一下重疊着，小女兒在夢裏猶不停地哭喊：「爸爸。」小兒子翻轉了身子壓住哥哥，大兒子在睡夢中蹙緊眉頭，這孩子在夢裏猶想着心事。

伊也睏倦極了，身心都已疲累，孩子們一旦離開了自己，伊想這個世間裏再也沒有支撑自己的力量了，往後的歲月，伊在心底早有了盤算。

伊因此而下定了最大的決心，反正孩子們跟着自己只有受苦受累，而且還會斷送了他們美麗光明的前途，伊的個性並沒有因爲命運的摧殘，環境的變遷而有絲毫的改變，一經決定了的事，再怎麼也無從更改，伊這一生中因此也吃了不少的虧，不過伊想人活着總要有骨氣一點，即使生活再困苦，命運再捉弄人，這點骨氣還是不能不保存的。

伊找到了獅湖鎭唯一的孤兒院，是新開設的，院長是一位熱心地方公益的老婦人，對於伊的來訪，院長表示了熱誠的歡迎，雖然伊以一副乞食的模樣求見她，她也不因爲身份的不同而歧視伊，從外表看得出來，這位院長是在誠心誠意地想辦好這所孤兒院。

明白伊的來意之後，院長有點爲難，因爲院方規定所收容的對象，必須是無父無母的孤兒，而眼前這三個孩子身邊却還有母親在照顧。

「我們這裏的規定是只收容無父無母的孤兒。」院長首先表示了她的困難。

「院長，請您特別通融好嗎？雖然我是孩子的母親，但我沒辦法好好照顧他們。」伊希望院長能憐憫伊，破例收容三個孩子。

「這實在是有困難的？這位太太。」院長看伊焦急的樣子，也不忍心太傷了伊底心。

伊沉默地打量院長的表情，如果這條路又行不通的話，那伊眞不知道下一步該如何走了。

「院長，難道就沒有更好的解決辦法了嗎？」伊仍然不灰心地，企圖取得院長的同意。

「問題是，您是這三個孩子的母親，這樣的話可能會發生一些小問題，譬如說：將來若果有人想收養他們的話，可能雙方會有些磨擦發生也說不定，因此爲了避免這類麻煩發生，我們不得不做此規定。」院長耐心的向伊解釋他們這個孤兒院的規定。

「不會的，院長，我就是希望將來能夠有人收養他們，希望他們能夠過着幸福美滿的生活。院長，我絕不會跟任何一個想收養他們的人發生磨擦的。眞的，院長。」伊急急地想說明自己的心意，伊想只要孩子們獲得溫馨的家，伊也就無所企求了。

「那這樣好了，我將這件事提請董事會討論，請您先帶孩子們回去，過兩天我們會通知您的。」院長終於也拗不過伊的懇求，只好答應先提請董事會裁決，說不定事情會有轉機。

伊興奮地帶着孩子們辭謝院長，另一個希望又在伊的生命中浮昇，這個希望不是爲了自身的幸福，爲了孩子伊甚至於犧牲了一生的青春與幸福，爲了孩子伊更珍惜着自己的生命，否則坎坷的道路伊也不曉得是否走得下去。

孤兒院的董事會終於通過了這個特殊的案例，爲了日後免生任何糾葛，同時請月旦立下了切結書。當伊獲悉了這則消息後，哀傷與慶幸一齊湧上伊的心頭，從小由自己一手扶養長大的孩子一旦離開，心情的悲苦非言語所能形容，慶幸的是孩子們終於要有一個新的家了，這個在他們幼小心靈裏渴望了很久的家，能夠改變他們的前程。

雖然孩子們哀求告於母親，請母親不要離開他們，他們願意跟着媽媽吃苦，只要永遠跟隨着母親，任何苦他們都不怕，離別的前夕，三個孩子更是緊擁住母親，淚水濕透了一身襤褸的衣衫，從三更燈火到五更鷄鳴，母子四人今宵一別，相會之期遙不可知，生離死別，人間最悽苦的一幕將在他們母子身上演出。但是，孩子們的前程却在伊一念之間，寧願今日憂，不願永世憂。伊堅持鐵石般的心腸，其實伊的心早已破碎了。

9

送走了孩子們，似乎也送走了自己，茫無目的地在昔日熟悉的街路上尋尋覓覓，伊想尋覓些什麼？伊此刻什麼也沒有了，骨肉親情從此不會在伊生命裏出現。

伊並不怨嘆一生的不如意，打從初出娘胎伊就跟悲苦結了不解緣，雖然日後遇見了養父，過了一段暢快的童年，但養父竟也只拋下了：

「細妹，妳是阿爸撿來的。」一句沒來由的話，阿爸這一撿竟撿來了伊悲悽的一生，當然自己並非埋怨阿爸。畢竟，人生本如一齣戲，每個人都在戲中扮演不同的角色，生、旦、淨、末、丑，伊扮演的正是旦角，從花旦到苦旦，而現在年歲老大了，應該算是老旦了吧。

這期間雖也有幾次改變命運的機會，但終究時不我予，不是屬於自己的永遠都得不到，或者只有悲苦才是伊最終的歸宿。

伊不再行乞街頭，爲病毒侵噬的臉也不再蒙上一層布，伊離開了獅湖鎭；這個曾塑造伊也改變伊一生的地方，伊要到一個很偏遠的山區小鎭，伊想在那兒定居下來，那兒對伊全然陌生，伊對山區小鎭也全然陌生，只有陌生的地方才適合伊長此住下去，伊想寧靜安詳的在這裏終其一生。伊偶而也會想及伊那三個沒有父親的孩子，伊朝朝暮暮祈告上蒼，賜給他們最幸福，最快樂的生活。

伊在小鎭僻靜的山壁間住了下來，小鎭的人們在不知不覺間發現來了這麼一位不知姓名的老婦，小鎭的人可從來也沒看過伊的眞面孔。

故事隨着時間無止境的遞嬗，小鎭的人們聽完這個感人的故事後，有的當做一則警世的寓言，深深地銘記在心，有的則當做茶餘飯後的閒談，一笑置之，根本不當一回事。

莊嚴也好，詼諧也好，老婦畢竟已經結束了伊悲慘坎坷的一生。

一九七九・十二月至一九八〇・元月連載於世界日報

抉擇

「要我談別的可以，要我改變信教的決心，一切免談。」

這句話從結婚的第二年起，就一直在柯爾夫婦間互相爭執着，算算這種爭執持續怕也有十年了罷，而爭執仍然沒有停止過。雖然表面上他們仍然是非常恩愛的一對夫妻，但只要他們之間誰先提起有關彼此的信仰問題，誰也不想輸給誰，當他們爭執得最厲害的時候，任何看見的人誰也不會相信他們是受過高等教育的人。

這一天早晨，柯爾較往常遲起了一個小時，當他正責備自己的貪睡時，才猛然發現今天是星期日。屋內一片空寂寂的，兒子女兒也不見踪影，化粧台上留下一張紙條，上面簡單潦草的寫着幾個字：「我做禮拜去了。」沒有稱呼，也沒有署名。

昨天晚上臨睡前，他們正爲了做禮拜的事，又起了一次衝突，這次的重點放在兩個小傢伙身上。他坐在床沿面向着她，她手中正整理孩子們的衣服。

「瓊枝，我請妳明天不要帶孩子們上敎堂，好不好？」

「我爲什麼不能帶他們上敎堂？」她繼續手中的工作。

「妳讓他們有選擇宗敎的自由。」

「他們很喜歡上敎堂做禮拜啊！」她理直氣壯地。

「他們還小，他們根本不懂什麼叫做禮拜，妳這樣威逼利誘的要他們聽妳的，這完全不是他們的意願。」他愈來愈激動了。

「你說我逼他們上敎堂，你別說得那麼難聽好不好？孩子是我生的，我愛怎麼敎他們你管不着。」她猛地回過頭來，臉上那股氣勢比冲犯了上帝還嚴重，聲音也一陣比一陣提高。

「妳這簡直是無理取鬧嘛！」

火藥味愈來愈濃烈，隨時都有爆炸的危險，像今晚這種爭吵已經不止一次了，但牽扯到兩個孩子的身上，這倒是頭一遭，這些問題存在於柯爾心中已經很久了。

有一次柯爾帶着兩個孩子到爺爺、奶奶的墳上祭拜，他點上香燭分別給他們每人一支，起先他們兩個說什麼也不肯接過柯爾手中的香，柯爾告訴他們：

「我們是來拜爺爺、奶奶的，拜爺爺、奶奶就要拿香喔！」

不想他們却振振有詞地說：

「媽媽說敎徒是不准拿香的，拿了香上帝知道了會生氣的。」

「沒關係的，你們來拜爺爺、奶奶，上帝知道了不但不會生氣，而且還會稱讚你們是乖孩子呢。」

最後，他們還是被柯爾說服了。那次回來之後，對這件事他一直耿耿於懷；中國人的倫常道德就是依靠這一份從古以來的愼終追遠的延續。如今孩子們竟由於跟着他們的媽媽上教堂做禮拜之後，連這一點倫常的延續都斷了，爲此他傷心難過了好幾天，他們夫婦感情的裂縫也因此日益擴大。

以後一連幾個禮拜，他借故將孩子帶出去，本來自昨晚爭吵過後，他就盤算今天要起個大早，帶孩子們上公園運動，然後到兒童樂園走走。只怪自己起得太遲，被她捷足先登了。

廚房裏杯盤交錯，看似她們匆匆用過餐離去的模樣，大概怕走晚了，又要遭到他的阻擾。多年來他已習慣於自己準備早餐，孩子們也很久沒跟他一起進早餐了，看來他們受她的影響太大，在他們稚嫩的臉孔上，時或也會發現稍許敵意。

當初與瓊枝結婚，柯爾的父母曾經再三要他好好考慮，而他總以爲對相戀多年的她，自己有十成以上的認識，雖然他們的宗教信仰不同，但受過高等教育薰陶的她，必定不會將宗教與婚姻生活混爲一體，她會是他的好妻子。

在最初的一年裏，對他對他的父母，她確實處處表現得極爲優異，他也暗自慶幸沒有聽從父母的話，對自己的選擇又加深了一層信心。而這種美好的日子維持不了多久，爲了宗教問題，她開始不滿他的父母，他的父母是虔誠的佛教徒，每天淸晨卽起，漱洗完畢吃齋唸佛，佛堂裏竟日香煙繚繞。這是她最不能忍受的，耶穌基督不准祂的信徒們拿香參拜，也希望她的家人們都回歸到主的身邊去，她想利用自己在這個家庭的地位，來影響家中的每一個人。中國人傳統的倫理道德觀念，在這個家庭中已經世世代代根深蒂固地延傳着，她只得以行動來排斥他們。

起初，他儘量容忍她的行爲，總希望能够利用感情柔化她，他告訴她；在這個家庭中生活並非一朝一夕的事，他希望她能够順着父母一點，不要爲了彼此的信仰不同而歧視他們。

對於宗敎的信仰，他一直抱持着民主的觀念；他認爲每個人都有個人信仰的自由。因此，他從來都不曾爲了他與瓊枝兩人的信仰不同，而企圖要她放棄她的信仰。可是在這方面，瓊枝却時時都在算計着；如何爭取她丈夫信奉基督，她認爲凡人類的一切都是上帝所賜予的，因此人們的一切榮耀都將歸於主耶穌。在這個世上只有耶和華才是眞正的救世主，其他異神異敎都是妖魔的化身。

就連他們有了第一個孩子時，她也將這個事實，說成是上帝的厚賜。所以，她決心等孩子降生後立刻讓他受洗，爲了這件事，他開始漸漸地不能容忍她的所做所爲，一次又一次的忍讓使她得寸進尺，甚至於更剝奪了一個毫無所知的小生命的宗敎自由。終於，一場從未有過的爭吵發生了。

「瓊枝，我希望妳能冷靜地想一想，妳千萬不要由於自己的迷信，而剝奪了下一代的宗敎自由。」

「告訴你，柯爾，我們的一切都是主耶穌賜予我們的，沒有上帝那來的我們，所以我們的孩子自當歸於主，我也希望你能好好的思考思考。」

「妳信教我從來都不曾干涉，反過來看看妳，無時無刻不在處心積慮的想要干涉我們，甚至連我們的婚姻也受到損傷。」

「那是你自己太固執，如果你也信奉基督，這一切煩惱不就一掃而空，這不是很完滿的一件事嗎？」她仍然不放棄任何可以說服他的機會。

「妳開口耶穌，閉口上帝，他們會供你吃住嗎？」

「請你不要在我面前褻瀆上帝，你這醜陋的人。」她終於動怒了，一付神聖不可侵犯的表情。

這時侯想起父母親當初的忠告，似乎一切都已嫌太遲，他萬沒有想到一個對信仰迷得這般深沉的人，高深的教育並不能使她改變迷信的程度。

有一件事始終都無法獲得他的諒解，就是事情經過了這麼多年的現在，他每每思及這事就會憤懣塡胸。

有一年的過年，除夕那天柯爾的雙親要瓊枝準備一些祭祖的菜飯，這是他們家族中過年的傳統儀式。這時侯瓊枝正在臥房裏爲孩子們講聖經的故事，本來她內心裏就極不情願替他們準備那些敬神的菜餚。因此她遲遲不會起身，她的公婆三番兩次的催促，柯爾看在眼裏，他覺得瓊枝實在不應該讓他老人家如此久等。於是，他走進臥房叫瓊枝。

「瓊枝，爸媽在等着妳的飯菜敬神，妳準備好了沒有？」他儘量使自己的語氣平和。

「準備，準備。你沒看見我在爲孩子們講聖經？」瓊枝的口氣却非常沖。

「這是妳份內的事啊，幹嘛大吼大叫的。」

「怎麼是我的事，那是你們拜神要用的東西，你們自己不會弄。」

兩個人一來一往的聲調突然提高，驚動了在佛堂前的柯爾的父母，他們趕來勸阻柯爾，要他少說兩句。

「爸、媽，你們不知道她有多可惡！叫她準備東西敬神，還說不是她的事哩！」

「好啦！好啦！自己的媳婦，你就不能讓着她點啊！」柯爾的母親阻止柯爾往下說。

「讓她，我已經很讓她啦，我已經受够啦！媳婦，這是什麼媳婦嘛？」柯爾忿忿的直起嗓門大聲嚷叫起來。

「你受够？我更受够啦，整天沒給人家好臉色看，誰稀罕做你們家的媳婦。」瓊枝的聲音也不弱。

「不稀罕就離婚嘛！」柯爾臉紅脖子粗的，自有爭執以來，他第一次提到離婚兩個字。

「離就離，怎麼樣，怕你不成。」瓊枝那像是一個受過高等教育的女性，完全一付潑婦罵街的姿態。

「話是妳自己講的，好，試試看我敢不敢跟妳離婚。」柯爾口不擇言的亂罵一通。

「好啦！好啦！這樣大聲嚷嚷，也不怕隔壁鄰人聽見了笑話。」一直沉默着的柯爾的父親終於開口了。

柯爾的父親拉着柯爾往臥房外走，兒子媳婦爲了他們祭祖的事爭吵，他們看在眼裏也眞不是滋味。而兩老晚境除了投靠這唯一的兒子之外，再也無收容他們的處所了。

這次事件過後，柯爾的父母已不敢要求瓊枝替他們做任何事了。雖然，事後柯爾再三的道歉，再三的保證，他一定會讓瓊枝盡人媳之孝，但沉默却是他們最好的答覆。

用完早餐出來，天色還是陰沉沉的一片，老是晴朗不起來，柯爾看看壁上的掛鐘，十點十分，翻開報紙，習慣性的先看副刋，然後再看地方版。每天盡是那麼多兇殺案，近來又多了一些經濟犯罪的新聞，而一些報導夫妻離婚的消息更層出不窮，他眞懷疑那些記者先生們那來那麼多線索，去採訪這一類的新聞，人家夫妻吵嘴是關起門來吵的，怎麼也會跑到記者的耳朶裏。

他想要是有一天與瓊枝爭吵的事也上了報，那可眞是新鮮的社會新聞哪。標題應該是：「夫婦信仰不同，閨房失歡」或者是：「妻子信奉上帝，丈夫偏不信教，終於分道揚鑣。」

事實上，他也知道，瓊枝除了在宗教方面固執己見之外，其他方面她仍不失爲稱職的妻子，他也希望自己儘量避免在她面前談及宗教的事。無奈，上帝對於瓊枝畢竟是太親近了，親近得即使睡覺時也陪伴在她左右，他常常自嘲地說：「我的地位還不如上帝哩！」報紙翻來覆去的看，連大小廣告都看遍了，時鐘剛好敲響十一下，這個星期天的早晨可眞難挨。望着門口，就是不見她們母子回來的踪影，這個時候教堂的禮拜也該做完了。

他正走到巷子口，瓊枝領着兩個孩子回來，孩子們看見爸爸在巷口等候他們，高興的雀躍着，瓊枝的臉上也不再繃得那麼緊，剛剛要露出笑容的臉，却爲昨晚上爭吵的事而僵住了。柯爾只顧跟孩子們說話，孩子們的笑臉並不因爲父母的失和而稍稍收斂。

柯爾仍然沒有理會瓊枝，孩子們拉住柯爾的手，他們一前一後的走回家門口。在這條巷子裏，他們是被鄰居們羡慕的一家，由於他們的爭吵從來都不爲外人知道，因此表面上的和好，粉飾了存在他們之間的裂痕，或許這就是高等學府替他們造就的風度。

回到家，孩子們各自在玩耍，瓊枝進了臥房，柯爾隨後跟進。

「瓊枝，我們心平氣和的坐下來談談好不好？」

昨晚的不愉快仍然在他們的心裏相互激盪，瓊枝換下外出服，她回過頭來看看柯爾。

「好哇！你要跟我談什麼？」

「談談我們之間的事。」

談話一直在尚稱融洽的氣氛中繼續進行，柯爾想如果她能夠接受自己的意見，那麼彼此之間還有協調的可能。

「我們之間？我們之間有什麼重大的事情，需要如此正經八百的面對面談。」瓊枝說話間存在一點揶揄。

「瓊枝，妳告訴我，這一切都不是妳自己所願的，對不對？」柯爾輕輕的呑吐着一字一句，惟恐眼前的氣氛由於自己的粗魯而被破壞。

「什麼事不是我自己所願的？」瓊枝施過脂粉的臉上掩飾不了此刻紛亂的心情。

「以前妳不是這樣的，瓊枝，我記得妳以前告訴我，我們的生活絕不會因爲信仰的不同，而有所改變。」

「哦！我是這樣說過的嗎？」

「難道妳忘了？」

瓊枝似乎有意避開今天談話的主題，柯爾却有意要在今天的對談中，使得他們夫妻之間的磨擦能夠獲得圓滿的解決。

「我覺得那些話並不很重要。」瓊枝漸漸進入了問題的核心。

「那麼還有比那些話更重要的嗎？」柯爾用話引導着瓊枝，他對今天的談話仍然深具信心。

「……」瓊枝沉默着。

「妳是不是能夠講出來讓我聽聽？」

「還是那一句老話，如果你想要改變我信敎的決心，一切免談。」瓊枝突然提高了聲調。

「不要這麼大聲，會驚動孩子們。」柯爾儘量不讓孩子們幼小的心靈，受到任何損傷。

「那我們就沒什麼好談的了。」瓊枝的態度灼灼逼人。

「我只是希望妳爲我們的下一代着想。」

「你在威脅我？」

「不是威脅妳，我只是想尋求圓滿的解決方式。」

「如果我不接受？」

「我想妳不會是這種女人的。」

「在上帝的面前我什麼事情都做得出來，我寧願爲上帝犧牲。」

「包括犧牲妳的幸福，失去妳的丈夫？」柯爾已經不再那麼平靜。

「……」瓊枝再度沉默，柯爾的這句話擊中了她的要害。

這個犧牲對她來講確實太大了，難道柯爾就不能爲自己的妻子犧牲嗎？從小她就由母親引領着受了洗，從那時起，自己的一切都交給了主耶穌。七歲那年患了一場重病，差點就結束了七年短短的生命，在病重期間，母親日日夜夜的跪在耶穌基督的聖像前禱告。她的病終於在母親虔敬的禱祝中逐漸康復。後來她在耶穌面前立下了誓言，無論如何也不會拋棄主耶穌，同時還要勸導在她身邊的人，也一起來信奉主耶穌。

待她嫁給柯爾之後，她仍然不放棄說服她的丈夫信教，可是固執的柯爾，却未能因爲她的說服而改變態度，這事一直在瓊枝心中蒙上一層陰影，她不但不能原諒丈夫的固執，同時還不斷責備自己的無能。於是，迫使孩子們信教就成爲她重要的課題。

如今柯爾爲了這個問題，竟然不顧多年夫妻的情份，提出如此强硬的要脅。

柯爾其實也極不願意爲了這件事輕言離婚，這樣做對於孩子們的打擊太重，在他們年稚的歲月裏，父母失和已經很不幸了，更何況要他們失去父母中的任何一個。可是依照目前這種情勢繼續發展下去，孩子們心中的陰影必定隨着他們的年齡擴大。而且，他們夫婦之間雙方都會痛苦一輩子。

柯爾的父母臨終前也都這麼說：

「柯爾，好好待你的妻子，好歹她也是你自己選擇的，慢慢改變她，不要操之過急。」

他等待改變已經等了十年了，人生有幾個十年，而這第十一年的開始，她一點都沒有想改變的意思。看來，在上帝和丈夫之間，只好任她選擇其中之一了。

室內的氣氛沉默得幾近恐怖，柯爾與瓊枝誰也不願先打破沉寂，柯爾猛吸手上的紙煙，煙霧在室內形成灰濛濛的一片。

「丈夫和上帝之間任妳選擇其一。」柯爾爲他們的談話做了最後結論。

「有這麼嚴重嗎？」瓊枝驚詫地看着柯爾，她已經覺察出事情不再那麼單純。

「看來也只有這條路可走了。」柯爾一臉無奈。

「給我一點時間好嗎？」瓊枝的淚再也貯藏不住。

「給妳一天的時間考慮，明天早晨妳得告訴我妳的決定。」柯爾拋下這句話，逕自往房外走。

留下瓊枝木然地站立梳粧台前，腦海裏好像有千萬個結那般糾纏着她。

這一夜，瓊枝輾轉不能成眠，一個人靜坐窗前思索終宵，這不是上帝與丈夫之間的問題，中國傳統的倫理道德一直使她沒有忘記自己是一個中國人。在思索中她對於自己的宗教觀念做了大幅度的修正，人只要心中有信仰，不一定要拘泥於何種形式，當然孩子們在她心目中的地位比什麼都重要。

晨曦透過窗帘，讓室內承受一夜的黑暗之後重現光明，瓊枝離坐而起，她想痛痛快快的睡一覺，然後告訴柯爾她的抉擇。

一九八〇・二月二十四日民衆副刊

杜鵑開在河塘裏

1

隔壁的阿樹伯母踹着急促的步子來找阿金嬸，阿金嬸正在厨房燒開水。

「阿金嫂，快去看看，你們家癲蕭仔又在大廟坪發癲了，還有一大羣囝仔圍着欺侮他哪！」阿樹伯母說話還喘着大氣。

「這夭壽仔，什麽時侯又跑出去癲去了。」阿金嬸停下手裏頭的工作，發現正對厨房的柴房門敞開着。

「老是這樣把他關在柴房裏也不是辦法，好好的人也會關癲的。」

「不關他，他四處去跑去癲，萬一打傷了人可賠不起哪！」

蕭仔正在大廟坪的榕樹下耍把戲，旁邊一羣囝仔坐的坐站的站，有的手裏拿支細竹條戲弄蕭仔，蕭仔一點也不生氣的任人作弄，繼續認眞的要他的把戲，囝仔愈圍愈多，他愈是要得開心，只聽他直起嗓門高聲嚷嚷：

「聽我講古哪！各位囝仔兄，今天來到貴寶地，就是要跟各位研究研究……」

話沒說完，褲子先掉落了下來，急急提起褲頭，又忘了剛剛所說的話。

「再下來我要唱歌給大家欣賞。」說着竟眞的唱了起來。

「淡淡的三月天

杜鵑花開在山坡上

杜鵑花開在小溪邊

多美麗啊……」

蕭仔唱到這裏不住的拉長尾音，且儘量使它顫抖。

突然，拉長的歌聲竟無聲無息的停住，蕭仔看見人堆裏出現了一張熟悉的臉。

阿金嬸三脚兩步的快步上前，圍觀的囝仔們急急閃出一條路。說時遲那時快，蕭仔發現母親前來捉拿自己，身形一矮，推倒在旁的一個囝仔，縱身就跑，匆忙中褲子落了下來也沒來得及留意，蕭仔一面狂奔，一面手提著褲頭，一溜煙的消逝在阿金嬸眼前。阿金嬸大氣吁吁的停下脚步，朝蕭仔奔去的方向大聲責罵：

「夭壽囝仔，瘋癲得這款，葉家前世人是造了什麼孽唷！」

瑪陵村到處都在轟傳着蕭仔發癲的事。

有人說：蕭仔可能是煞到過路的神明才會發癲的。

有人說：一定是蕭仔的父母在外得罪了什麼人，而放符咒報復的。

也有一些熟悉蕭仔家事務的人說：「會不會是蕭仔那沒有子嗣的大伯父，來要蕭仔承繼香煙的？」

更有人說………

在衆說紛紜中就是無法理出一條清晰的思路，來說明蕭仔發癲的眞正原因。

2

怎麼全村的人都說我發癲了呢？連阿母也都這麼說，家人也不再用正常的眼光看待我了，這眞是一件奇怪的事。

其實我好好的哪！只是我好喜歡陳秋美唱的那首「淡淡的三月天……」，陳秋美就是我們隔壁班的女生，人長得好漂亮，我好喜歡看她，每天升降旗時我都要偷偷地多看她幾眼，尤其她那柔柔細細的聲音，唱着「淡淡的三月天，杜鵑花開在山坡上……」好棒唷！什麼大歌星都沒有她唱得棒。

可是；現在不行了，阿爸跟阿母不准我去上學，不能上學就不能天天偷看陳秋美，我也聽不到陳秋美那柔柔細細的「淡淡的三月天……」了。

唉！阿爸阿母眞差勁，整天把我當犯人那般看管，每天還拿些什麼灰什麼符給我吃，難吃死了。可是不吃不行啊，阿母說吃下這些灰呀符呀的發癲才會好，才能像正常人一般上學校。好啊！只要能够上學校，就是叫我吃狗屎我也願意，上了學校又可以天天看見陳秋美。想起陳秋美，我就想大聲的唱歌，唱那首「淡淡的三月天……」，現在我已經學會唱到「去年村家小姑娘，走在山坡上」。

那一天學校開校慶運動會，我又看見陳秋美了。這次她穿的不是學校的制服，她參加土風舞表演，她穿得好漂亮哦！短短的白裙子，紅色的上衣，那裙子大概就是迷你裙罷。哇！第一次看見陳秋美穿那麼美麗的衣服，短短的裙子優美地擺動着，她高高的胸脯隨舞姿顫抖。哇！陳秋美的衣服裏面不知藏了什麼東西？我要一直看住她，一直看住她，我要陳秋美不斷的舞下去，我不要她停下來，我的眼睛不疲倦地隨她在轉動。哇！陳秋美的短裙飛起來了，我看見她的裙子飛得好高好高，只是一眨眼功夫裙子又垂下來了。我偷眼看其他同學，還好沒人看見，他們正聚在一處唏哩嘩啦的談論別的事。而我的眼睛却不知怎麼搞的，只要一閉上就會看見陳秋美的短裙飛起來的情景，千分之一秒的幸運，我的眼睛比照相機還靈光哪！

3

阿金叔阿金嬸一家人緊張的四處找尋蕭仔。

附近的鄰人也出動了，一時火把的光亮好似螢火蟲那般在荒郊野地裡亂飛亂竄。

阿樹伯母也來了，她剛剛忙完家事，雙手還濕轆轆的。

「我說阿金嫂呀！這樣無目的的找不是辦法，走，我們到聖安宮問神去。」

「對呀！我怎麼沒想到去問神。」

兩個人一前一後往橋東那邊聖安宮方向走，遠遠地還看見點點的光亮閃閃爍爍，間或也傳來陣陣「蕭仔！」「蕭仔！」的叫喊。

聖安宮到了，廟內供奉的是哪吒三太子，佔地不廣，香火倒是鼎盛的，每天都有絡繹不絕的香客，主持人是過時了的教書先生，年紀約莫六、七十光景，腦袋瓜光禿禿的，一副老花眼鏡吊在鼻樑上，說起話來搖頭擺腦的，廟裏還有一年輕人，是乩童。

上了香，阿金嬸將事情的原委一五一十的稟明三太子，請三太子幫她找回蕭仔。

乩童扶在神案前，顫動的身體像地震那般搖擺，整個桌面由於他全身的運動，好似水裏的小舟左右晃蕩不停，他年輕的身體痛苦的抽搐，口裏更不時噴吐白沫。

阿金嬸報了蕭仔的出生年月日時辰，同時把今天蕭仔失蹤的情形也說了，透過傳譯，將這番話轉達給三太子知道。

乩童聽了傳譯的話後，開始暴跳如雷的站起身子，嘴角的白沫停止噴湧，倏地他又坐回原位，扒伏在神案上他喃喃地不知說些什麼？首先聲如蚊蚋，慢慢地提高聲調，最後竟歇斯底里的狂喊狂叫，尾音拉得好長好長。

傳譯習慣性地搖頭擺腦，眼鏡都快要掉到了鼻樑下。

「三太子叫你們不用再找了……」

彷彿是死刑的宣判，阿金嬸與阿樹伯母驚住了，阿金嬸更是傷心地哭了起來，平常雖嫌這個瘋癲子處處碍人手脚，活着不如死了好，畢竟是自己的親骨肉哪，如今三太子竟勸他們不要再找了，看來這個瘋癲子是凶多吉少了。阿金嬸想着想着，不覺悲從中來竟自縱聲大哭。

乩童又發作了，三太子這回來勢汹汹，可能又有了什麼新發現。

「別急，別急，還有下文哪！」傳譯慢條斯理的在紙頭上比劃。

「明天透早，在你們家東北方不遠處可以找到妳的兒子。記住，鷄聲剛啼就要速速帶他歸家。」

包了香灰符咒，阿金嬸謹記三太子的吩咐，捐了香油錢，偕同阿樹伯母頭也不回地離開聖安宮，他要趕緊回去告訴他們不要再找蕭仔了，蕭仔明天透早就會平安歸家的。

哇！昨天晚上眞棒啊，一覺睡到大天光，好久沒有這麼舒服了，幾個月來阿爸阿母老是把我關在柴房裏，又窄又暗又有一股霉味的小房間眞不是人住的。阿爸阿母也眞莫名其妙，我只不過是愛唱那麼一首「淡淡的三月天」，他們就說我發癲了，全村的人也都這麼說。

老實說我的歌藝也蠻不錯的哩！再練一段時日怕要比陳秋美唱得更有味道了。

陳秋美這小妮子，自從我沒上學後就一直沒再見她的面，她那短短白色的裙子至今還一直在我眼前出現，昨天晚上在菅草舖成的床舖上，還夢見陳秋美那美麗的舞姿哪！她笑的時候臉上出現的酒渦眞會醉死人唷！

昨天晚上沒回家睡覺，阿爸阿母不急瘋了才怪哩！其實他們也別老是如此大驚小怪的，我都是長得這麼大的人了，難道還會走失不成，偶而一天不返家倒是無啥關係的。以前在學校裏老師不是常敎我們要獨立自主嗎？尤其是男孩子，男人是强者勇者，那像妹妹老是喜歡哭，遇有事情總是先哭了再講。陳秋美不知會不會這樣，我倒是不曾見她哭過哩。

太陽快要出來了，早晨的空氣眞新鮮，每天被鎖在柴房裏，像這種大好時光都被關在陰霉的柴房外，這次回去可不知又要被關多久呢？得好好利用這個難得的機會呼吸幾口清新的空氣，如果空氣也能夠裝在口袋裏，眞想多裝一點回去慢慢享受呢。

咦！屋子前邊的河塘怎麼圍了那麼多人，還有人拿着竹竿在幹什麼？怎麼透早就有人在抓魚呢？這些人與緻眞好。

哇！河塘裏有人在游泳，眞鮮哪！一大清早竟想到要在河塘裏涼快涼快，還是個女生呢。河塘的水那麼深她也不怕，好勇敢的女生。

哇！那個女生不是陳秋美嗎？陳秋美怎麼會跑到這兒來呢？陳秋美也會游泳啊！只看過她跳土風舞，還不曾見過她游泳哩！

不對呀！陳秋美怎麼剛剛冒上來又沉下去了，那裏有這種游法的，我蕭仔游泳游了那麼多年，也沒見過這種姿勢，這大概是她發明的新泳姿吧。待我觀摩觀摩，將來也好學學這種新泳技。

河塘四周的人愈圍愈多了，看他們緊張的樣子，似乎不是快快樂樂地在欣賞陳秋美游泳的哪！

不大對勁哪！陳秋美這回沉下去怎麼那麼久還不見冒上來。

「救救我女兒呀！救救我女兒呀！」

不知那裏傳來的女高音，還夾帶凄厲的呼嚎。這可不是鬧着玩的啊！那麼多人眼睜睜地看着一個女生在水裏冒進冒出的，只是拿了一根竹竿在伸呀伸的，有什麼鳥用。

看見他們一個個怕死的模樣，眞是氣死人哪，我蕭仔可眞是要罵人囉！他們沒有看見我蕭仔發脾氣，他們怎麼可以不把我當回事，不罵罵他們給他們點顏色看看，不知道我蕭仔也是有脾氣的人。

「你們這些人全都瘋啦！你們這些混蛋，你們不知道這河塘的水會淹死人的呀？」

他們大概聽見我的叫罵了，他們個個豬腦一般的互相對看着，也許是我的這番話在他們之間起了作用。

儘管他們之中有了一點動靜，但仍然只是痴呆地站在原地，他們沒有人想要下去救陳秋美，他們眞是一羣自私的傢伙哪！平常時候看到他們古道熱腸的那般樣，而眞正到了緊要關頭，他們却都貪生怕死哪！

陳秋美又冒出頭來了，這下我蕭仔可要英雄救美啦！好久沒游泳了，這下不讓大家開開眼界，大家還不知道我蕭仔究竟有多厲害哩！

陳秋美忍耐點，我來了，這是最美妙的跳水動作，早晨河塘的水可眞凍哪！悄悄地我打了個寒顫。這時候四週的人怕都要看呆了罷！我努力地游向河塘的中心，陳秋美仍然停留在那兒，我划動的雙手像風車那般快速，想當年我還是班上的游泳代表哩！

我終於要抓住陳秋美的手了，這隻在運動場上拉着舞伴跳舞的手，如今竟離我那麼近，而且再幾秒鐘就要被我抓住了，我要緊緊地抓住她，我蕭仔終於也有拉女生手的一天了哪！

抓住陳秋美的手我往回游，這時候河塘的四週有一聲聲歡呼響起，我英雄那般神氣的看看周圍的人們，這些人全是平日裏看見我就駡癲蕭仔的人哪！我高高昂起臉。我要讓他們認淸楚我就是蕭仔，就是他們眼裏那個瑪陵村的癲蕭仔！

快要游到岸邊了，我的右脚却怎麼不聽使喚的痠疼了一陣，我繼續游着，痠疼依然一陣緊似一陣的發生。糟了，這恐怕是脚抽筋了。怎麼辦？游泳最忌脚抽筋的，我推着陳秋美的身子往岸邊伸長的竹竿靠。

右脚的抽筋更加厲害了，我划動的雙手一點都沒有前進，左脚停下來踩踏河塘的泥沼，却好像永遠踩不着底那麼鬆軟無力的往下沉沒。

噢！我是在往下沉沒哪……

5

蕭仔家門口的那口河塘用竹籬笆圍了起來，河塘已經荒廢了，塘裏的水位也一天天的下降，聽說主人有意將這口平常養了上千條魚的河塘廉價出售。

而這口河塘的主人，正是那個在河塘裏被蕭仔救起的女孩的父親。他們感恩於蕭仔的大恩大德，在河塘的岸上；也就是蕭仔家大廳的正前方立了一塊碑，碑石約有一個人那般高，上面刻着幾個碗口般的大字：

義人葉傳蕭紀念碑

每個字都上了金粉，在陽光下閃爍耀眼的金光。

凡是經過河塘的人都要虔敬地肅立片刻，對這個平日被他們稱做癲仔，而今做了義人的蕭仔默哀，同時致上最高的敬意。

從此，瑪陵村再也沒有人提起蕭仔曾經發癲的事，蕭仔永遠活在他們心中。

瑪陵村大廟前的廣場再也看不見鼻溝掛着兩行鼻涕的大男生在高聲地唱：

「淡淡的三月天
杜鵑花開在山坡上
杜鵑花開在小溪邊
多美麗啊……」

忽然，村人們竟非常懷念這首不曾唱完整的歌，村裏的孩童們三三兩兩，聚在一起時，有意無意間也要高聲地唱，而大人們似乎也被這些孩童們感染了。於是，全瑪陵村的人們都在哼着這首歌，只是他們都不曾唱得完整。

蕭仔紀念碑前，被蕭仔救起的小女孩親手植了兩株杜鵑花，一株開着紅的花，一株開白花，只不知道蕭仔去了另外一個世界後，是不是也天天唱「淡淡的三月天」。

一九七九・十二月十一・十二日民衆副刊

風神100

杜飛揚推出新買的風神一〇〇，小心翼翼地不讓旁物撞擊他的新車，然後停在禾埕上細心地擦拭着，起動引擎「嘰—嘰—」的試試出油的力量，油煙頓時瀰漫整個禾埕，嘖得在井邊殺鷄的阿枝嫂滿頭滿臉。

「你這死囝仔脯，一早就變鬼變怪的，弄得到處臭氣沖天的。」阿枝嫂一邊掏出鷄肚裏的內臟，這隻鷄剛剛要下蛋，蛋仔大大小小的糾結在一起，鷄腸盤旋的和着血水，一片殷紅的攤在地上。

「阿母，妳不懂啦！人家新車就是要這樣保養的，這樣車子的壽命才會長。」

「是啦！是啦！我不懂啦！你們這些年輕人吃了兩天好的就飛天啦！」

阿枝嫂打了桶井水往鷄身上沖，水裏面摻雜着鷄血順沿傾斜的水泥地面流向水溝，杜飛揚看看地上的鷄腸，問阿枝嫂：

「阿姆，人的腸子跟鷄腸是不是一樣？」

「三八，我又沒看過人的腸子怎麼知道，不過以前聽你阿發伯公講，他看過一個被汽車撞死的人，肚腸瀉得一地都是，他說跟豬腸差不多。你問這幹嘛？」

「沒有啦！隨便問問。」

杜飛揚騎上嶄新的風神一〇〇；人被汽車撞死，肚腸瀉得一地都是，那該多駭人哪，他雖然沒看見過那種恐怖的場面，但是剛才阿母殺鷄時攤在地上的鷄腸，印象却很鮮明的映在腦海。

「騎車小心啊！」阿枝嫂扯起嗓門大聲叮嚀。

「知道啦！」杜飛揚「呼——呼——」的絕塵而去。

「晚上早一點回來吃晚飯唷！」阿枝嫂的叫喚聲遠遠地被拋置在風塵中。

早晨上班時間路上車子特別多，大家都趕着這個時侯擁擠在這條路上，杜飛揚雙手抓緊高高昂起的車把，前幾天看車時，他特別吩咐機車行老闆，把手要加高，昨天牽車時試了試還是不够，再叫老闆加高一點，他覺得這樣才有雄糾糾氣昂昂的派頭。

趁着車子較爲稀少的地方杜飛揚加大油門，風從四面八方飛躍而過，好過癮啊！陽光從人縫裏射在車身上，剛剛打過臘的油桶閃着刺眼的金光。旁邊的騎士們有意無意的瞟了一眼杜飛揚的風神一〇〇，杜飛揚神氣的摸弄綁在兩邊把手上的長穗，鮮紅的顏色爲車子增添無限光采。

有了新車眞拉風，每個人都會投以羨慕的眼神。上次參加加工區抛鑰匙遊戲時，因爲自己的車子是破破爛爛的老爺車，偏偏撿到鑰匙的那位小姐又是傲氣十足的臭小妞兒，嫌車子太爛，坐在上面不舒服，就是不願讓他載，使得他在衆人面前出醜，那場面眞是糗死了，氣得他發下重誓；今後不再玩什麼鬼拋鑰匙的遊戲了。

現在可不同了，晚上得打通電話給小三，告訴他決定參加這個星期天的拋鑰匙遊戲，他要讓那些女孩子們瞧瞧他這部嶄新的風神一〇〇，不一樣就是不一樣。

一輛十輪大卡車「咻——」，「咻——」的開過來，杜飛揚車把一偏，差點兒撞上旁邊車道的機車，大卡車減低速度，同時遠遠飄來一句：

「幹伊娘——找死啊！」

杜飛揚嚇出一身冷汗，還好要不是自己機警反應快，眞差點要成爲輪下鬼了呢，好險！

減低行車速度，杜飛揚再也不敢胡思亂想，眼看一輛輛機車從身邊掠過，他心裏雖然癢癢的，但剛才那驚險的一幕使得他不敢冒險。

往工廠大門馬路的右邊有一條比小巷還要寬點的小叉路，由於附近工廠多，脚踏車、機車、汽車擠滿這條小路，這都是因爲人們喜歡走捷徑的緣故，平常上下班杜飛揚也喜歡走這條路，但今天有了新車子不讓更多人看自己的風神一〇〇，那眞是暴殄天物，於是他臨時決定走正路進廠。

杜飛揚扶着把手的手不時的撳按喇叭，那些女工們紛紛回過頭來，有的露出不屑的神色，有的嘴裏小聲的罵：

「風神！」

第一天騎新車上班，滋味就是不同，想想以前那部爛車子，眞氣人！有時候遇上下雨天常常發不動引擎，不是火星塞潮濕了，就是油門堵塞了。總之，處處都是毛病，有時候遇見人多的地方被迫停下來更麻煩，非得下來推着走不可，眞不知道是人騎車？還是車騎人哩？這還不打緊，那一天還遭小楊的嘲笑。

「小杜啊！該換部新車啦！錢存着幹嘛？要帶進棺材裏去嗎？」

杜飛揚想着今天一定要讓小楊開開眼界，突然間，叉路口上一團黑影從一個女孩的單車前輪闖了出來，而且很快的停在他的前面。機車的把手妨礙了杜飛揚的視線，「吱——」的一聲，等他剎住車停下來時，地上一灘血刺目的躺在那裏，那團黑影直挺挺的一動也不動，是一隻黑貓，貓的腸肚流得滿地都是。趕着上班的人們只匆匆地瞥了一眼，又急急地往前趕路，杜飛揚跨上機車頭也不回的走了。

●

午飯的時間，大家都利用這短短的四十分鐘養精蓄銳，準備下午上班有更充沛的體力。往日杜飛揚也跟大夥兒一樣，在廠房席地而眠，今天可不同了，他很有精神的牽出他的風神一〇〇，從廁所的洗手枱上接出一條洗廁所用的膠管，努力的淸洗他的新車。早晨被他輾斃的那隻貓的血腥沾在他的前輪輪胎上，他用力的來回洗刷。

「幹！貓血也這麼難洗。」杜飛揚心裏嘀咕。

「嘿！杜飛揚什麼時候換新車啦？」小楊好像很驚奇，老遠看見他在洗車就大吼小叫跑過來。

「唷！杜飛揚中愛國獎劵啦！」其他人一窩蜂的圍過來。

「不要這樣騷我好嗎？換部新車就大驚小怪的。」杜飛揚低着頭繼續手中清洗的工作。

「小杜，新車子怎麼又洗又刷的呢？」小黃湊近他身邊奇怪的問。

「嗳！小杜買車子還眞會選牌子，風神一〇〇，騎在上面準是很拉風，像風神一樣威風。」小王一向愛講話，他擦擦坐椅下金閃閃的「風神一〇〇」幾個字嘰嘰呱呱的講個不停。

「幹——早上上班時在工廠門口那條叉路上撞死一隻黑貓，貓血沾在輪胎上，怎麼洗也洗不掉。」杜飛揚對湊上來的小黃說。

「什麼！撞死黑貓，那可不得了也！歹運，歹運。」小楊耳尖，聽見了大聲嚷嚷。

「是呀！我聽人家說，貓有九命，你撞死了牠，牠會向你索命。」小王也加上一句。

「幹你娘，烏鴉嘴，不衰也會被你講衰，你知道我昨天才牽了部新車，你就不會講些好聽的呀？」杜飛揚心裏老大不高興。

小王被他罵走了，其他人還在那裏品頭論足的批評杜飛揚的風神一〇〇。

「小杜，現在是什麼時代嘛！還時興這種玩意。」小楊扯扯掛在車把間的平安符。

「唉！小楊你不要鐵齒好不好？別忘了頭上三尺有神明哪。」小黃最看不慣小楊那趾高氣揚的傲態。

「那是我阿母昨天到廟裏求同來的平安符，老實講我也不喜歡那玩意。」

「是啊！這麼漂亮的車子掛上這個有點古董。」

「哪一天小杜載女孩子兜風，一定會被她笑老頭腦。」

「這是心靈上的保障，掛着總是有益無害。」小黃不認爲他們自以爲新潮的頭腦是絕對正確的。

「有個屁用，早上小杜還不是撞死一隻黑貓？一點保障也沒有。」小楊說。

「走了一隻烏鴉又來了一隻，你少在這裏觸人家的霉頭。」小黃跟小楊平常就喜歡抬槓。

「你——」小楊握緊拳頭一付要打架的姿勢。

「怎麼？想打架啊？」小黃也不甘示弱。

大家看他倆劍拔弩張的情勢，怕他們眞幹起來，紛紛跑過來把兩人拉開，杜飛揚好笑的站起身揩揩手上的油漬。

「你們倆個爲了我這部風神一〇〇打架，我可賠不起唷。」

好不容易挨到下班，大家都歸心似箭的排隊等打卡，杜飛揚由班長手中接過卡片後，就飛也似的衝到卡鐘旁排了第一個位置。打完卡又匆匆忙忙往車庫跑，斜刺裏走出一個人被杜飛揚撞了個滿懷。

「這麼急匆匆的，趕死啊！」

杜飛揚忙不迭地連聲道歉，進了車庫，拉出車子，特別用破布將整個車擦拭一遍，小黃剛好走出來，他每天搭乘交通車上下班，杜飛揚看見他熱絡的喊着：

「小黃，我載你。」

「不用啦，我坐交通車。」

「沒有關係，我載你回到家了，交通車還沒開呢。」

杜飛揚發動引擎等小黃上車，小黃說什麼也拗不過他的一番好意，只好跨上後座。

「小杜，騎慢點。」

「放心，技術一流的。」杜飛揚伸伸大姆指。

「哈——小杜騎身份證的你也敢坐他的車啊？」小楊從他倆身邊走過。

「小楊你少來，這角勢的才沒那麼差勁騎身份證。」杜飛揚猛加油門，車頭差點離地而起。出了工廠大門，下班時間人人趕着回家，路上擠滿機車，本來雙線道的大馬路，竟成了三線道，使得對方車道的來車無法通行，一路上盡是「叭——」「叭——」的喇叭聲。

經過早上撞死黑貓的地方，杜飛揚減慢速度，告訴後坐的小黃：

「早上就是在這裏撞死那隻黑貓的，你看貓屍還在那裏呢。」杜飛揚用手指指前邊地上一堆黑黑的東西。

「貓死了應該吊在樹上的。」小黃說。

「唉！迷信啦！古早的人最會嚇唬人，什麼貓死了不吊在樹枝上難以超生會找人索命。」

「我們家鄉有一句俗話：死狗放水流，死貓吊樹頭，大概就是這個意思罷。」

杜飛揚在人堆裏左閃右躲的「噗！」「噗！」地離開了貓屍。

「小杜，還是不要騎得那麼快。」小黃在後座提醒他。

「不用怕，我這裏有我阿母到廟裏祈來的平安符哩！它一定會保佑我們平平安安回到家。」

過了紅綠燈前面就是寬敞的四線道，這條路是全市最寬直的大道，國際機場就在旁邊，飛機的起飛降落完全看得一清二楚。

「小黃，禮拜天去不去郊遊？」

「我沒有機車怎麼去。」

「本來我也不去的，現在有了新車，我可要好好報上次一箭之仇了。」

上次在女孩子面前吃癟的事，他講給小黃聽過了，小黃聽了直替他打抱不平。

杜飛揚把車子騎向快車道，一輛輛「咻——」「咻——」而過的汽車看得小黃捏把冷汗。風速在逐漸增强，杜飛揚的頭髮在風中飛揚，幾乎觸到小黃的臉。

「小杜，騎慢點。」

杜飛揚沒有聽見小黃在講什麼，風太大了，他只一味地加快速度，而且還有意與旁邊飛馳而過的車子比速度。小黃眞後悔給杜飛揚載，這種驚險的鏡頭只有坐在後座的人看得最清楚。

杜飛揚的風神一〇〇在夕陽的照耀下依然顯得輝煌光采，繫在車把上的平安符以及兩邊的長穗在風中飄盪。他母親昨天交平安符給他時，特別叮囑他；車子不能騎得太快，而且還告訴他這平安符隨時隨地都要繫在車上，這樣神明才會時時刻刻保護他。

今天是農曆三月初一，阿母一定準備了豐盛的晚餐等我回去吃飯。今天大哥大嫂們也一定會帶着孩子們回來，每月舊曆初一他們照例都會回來的，以前阿爸在的時候這樣，現在阿爸做古了也還是沒有變。今天大哥回來，我要讓他試試我的風神一〇〇，他可能從來都不曾騎過這麼順的車子，他可以載大嫂及姪兒女們兜風去。

杜飛揚愈想愈得意，油門也在不知不覺中加大，同時他爲了超越前面的車輛更不時的蛇行前進。

想着禮拜天小三擧辦的拋鑰匙遊戲，他不禁又雀躍萬丈，最好上次那個驕傲的女孩也來參加，最好也如上次一樣撿到自己的鑰匙，除了要讓她瞧瞧我杜飛揚嶄新的風神一〇〇之外！還要找個較偏僻無人的地方放鴿子，叫她下次別再那麼驕傲，叫她知道我杜飛揚可不是好欺侮的。

他沒注意到什麼時候旁邊擠進來一輛大卡車，卡車有十個輪子，每個輪子快要有杜飛揚那般高，卡車馬力十足的向前開進，杜飛揚慢了下來。

杜飛揚與卡車保持了一個車身的距離，卡車的門忽然打開，司機往車門外吐了一口，他還沒來得及看淸楚是什麼東西，「啪——」的一聲，油桶上不偏不倚的沾上一大片鮮紅的檳榔汁。卡車司機似乎知道事情不妙，馬上變換車道，而且以更高的速度急行，想擺脫杜飛揚的視線。

他眼見自己心愛的風神一〇〇被沾汚了，頓時無名火起，右手連連猛扣油門，同時長聲咒罵：

「駛伊娘——看你往那裏逃？」

前面的卡車速度也不慢，一大一小兩部十輪跟兩輪的車子在擁擠的道路上一前一後的追逐着。

杜飛揚注視着安裝在車把中間的兩個馬錶，錶面上的指針從六十急速的右廻轉，七十……八十……九十，風速相對的增加，小黃坐在後面雖然看不見車行的速度，但「忽！」「忽！」而逝的風已經使他意識到事情的嚴重性，他一面拍杜飛揚的肩胛，一面高聲叫嚷：

「小杜——小杜，不要太快，不要太快。」

杜飛揚似乎完全失去了知覺，他只一心一意地想要追上前面的大卡車，報復的快感在他內心昇起，就像他禮拜天要報復加工區那個女孩子那般，此刻任何外來的阻力都無法使他停下來。

馬錶的指針繼續向右迴旋，九十……一百……一百，風速快得使他聽不見任何聲音，世界彷彿在頃刻間靜止下來，一切竟突然變得那麼寧靜。

「哇——追到啦——我追到啦！」杜飛揚興奮的喊着叫着。

「碰——砌——哇——吱——」

大卡車緊急的刹車聲，淒厲的哀嚎聲，雜夾紛亂的叫囂聲，沸騰寬闊的大馬路。杜飛揚死命的想抓住車把，嶄新的風神一〇〇卡在大卡車的後輪間。小黃被遠遠地拋擲在對面車道的路中央，杜飛揚掙扎的抬起頭看看小黃，一團白色滲和血水的腸肚血淋淋地映入他眼裏。

●

阿枝嫂拜完地基主，將牲禮收拾好端入廚房，大兒子媳婦孫兒們正好抵達家門。阿枝嫂準備好飯菜，等待小兒子歸來，並且特地留了一大碗他平日喜愛吃的鷄蛋仔。

阿枝嫂望着家門前的小路，嘴裏喃喃：

「神佛保佑我屘子平安歸來。」

一九八〇・五月・三一日刊新聞報

艷紅

有人說它是日記，有人說它是小說，就讓我們當做故事來讀它。

一九八〇年某月某日

「叭——」這已經是今天第廿四盆水了。

巷底來來往往的男人蒼蠅一般東沾西停，我竟突然厭惡起他們的無所事事，同時對於自己這種送往迎來，生張熟魏的生涯，更感到莫名的憤怒。

「夜夜香」這棟三層樓房的建築，說什麼也不適宜獨立在這條簡陋的巷子裏，只是說也奇怪來到「夜夜香」已經十年了，怎麼就沒有注意這個問題，每天要站在這巷裏多少回，白晝，黑夜，一張臉換過一張臉，歲月在等待中遞嬗，年歲也在等待中老去。

颱風季節，討海的漢子回到母親的懷抱，他們是一個個餓壞肚子的孩子，他們爲我們帶來了財富，他們使我們忙碌得連穿褲子的時間都沒有。

一個少年仔走來，低垂着頭，什麼也沒多瞧一眼，他拉着我的手往屋裏走，那細細嫩嫩的手掌不像討海的粗魯人，他說他剛從海上回來，爲了躲明天的颱風，爲了尋找一座避風的港灣。

關上門，少年仔好奇的眼神四處探索，端着今天的第廿五盆水，疲乏像蛛網那般綿密的網住我的全身，躺在兩席大小的房間裏，仰望着低矮的天花板，眞想好好的睡一覺，或者就這樣的躺到天明。

「小姐，妳們這裏買賣不脫衣服啊?!」少年不滿的望向我。

「對不起，只是想休息一下。對不起啊!」

少年的眼瞳怎麼放射着熟悉的光芒，那光芒曾經不止一次的在睡夢裏出現，那光芒好似來自故鄉。

「能不能請問一下，你是那裏人?」

「來妳們這裏的人客都要接受身家調查嗎?」

「不!只是隨便問問。」

「牡丹村，以前人家叫它牡丹坑。」

「是不是瑞鎭的牡丹坑?」我望着這位故鄉來的少年人客。

如果我告訴他，我同他一樣也是牡丹坑的人，他會相信嗎?如果我告訴他我是周福金家的養女，可能他會很熟悉。只是牡丹村百十戶人家，沒有一個女人從事同我一樣的職業，我不能告訴他我家住牡丹坑，更不能告訴他我是周福金家的養女。

「小姐，妳也是牡丹坑的人啊?!」

「哦！不！不！我有一位朋友也住牡丹坑。」

少年人客使我開始想家，想小虎——我的兒子。

老闆很不喜歡我請假，我是「夜夜香」少數每天拿牌超過廿支的小姐，但是她仍然纏不過我的執拗，我決定了的事任誰也拿我沒辦法，或着當初就是這份執拗的牛脾氣害苦了自己。

一九七〇年某月某日

祇是爲了想延續一份多情纏綿的愛，終於決定留下他（？）——一個未知性別的生命。

父母親反對，親戚朋友們反對，凡是認識我的人們都反對，沒有人讚成我的論調，也沒有人同情我的處境，我獨自艱苦的與殘酷的現實博鬪。

早晨起來牙刷尚未伸進口腔，一陣嘔吐接二連三的發生，懷孕眞的那麼辛苦嗎？以前看見別的女人那種挺着大肚子要死不活的樣子，總以爲她們有點作做，如今反而爲自己當初的幼稚覺得可笑。

母親在前院養了十幾隻純種的土鷄，是父親從礦場帶回來的，他們計算得好好的，等鷄養大了，我也差不多要臨盆了。

晚上鄉間的氣候由於下過一場雨後，顯得格外的清涼，爸媽在晒穀場乘涼，這裏雖然沒有一城輝煌的燈火，但明滅的天星與皎潔的月色相互輝映，迷人的程度那裏是繁華的都城所能相比。收拾好晚餐桌上的殘餚，忙完了洗滌的工作，正想到晒穀場與爸媽聊天，一陣談話聲突然吸引住我。

「喂！妳有聽桂枝講起她肚子裏邊孩子的事情沒有？」是父親的聲音。

「沒有啦！這次回來跟往常不一樣，她說要住久一點，要不是被我發現她在病子，我還不知道哩……」母親的聲音低沉得聽不見下面所講的話。

「這孩子從小就那麼倔强。」父親好像在嘆息。

「孩子長大了嘛，也不能老管着她，各人有各人的想法。」

「她這一想可是錯囉！害了她一生哪！」

「這幾天外頭的人總是鬼鬼祟祟的在我們附近探頭探腦的，有的人看見我養鷄問東問西的，好像非告訴她們不可，整天魍神一樣的老纏着。」

「不理他們就算了嘛！各人過各人的日子。」

「怕有一天他們知道以後，話會傳得很難聽。」母親就憂的說。

「我們再想辦法替她打圓場罷，對了！桂枝沒有說孩子是誰的嗎？那個男人究竟是幹什麼的，這麼不負責任。」父親的聲音近乎憤怒。

「沒有哩！問她話，她一句也不講，只說『阿姆，孩子生下來我就走』。」

其實當初決定回牡丹村來，只是爲了讓孩子也能在與我有深厚感情的故鄉出生，誰知這一執拗的決定又替父母親帶來無盡的煩惱，他們不在我面前談這件事，是爲了怕引起我的傷心事，她們的苦心我懂。

父親患了多年風濕的右脚擱在圓凳上，一隻手剝着脚底的脫皮，下顎整個托在膝蓋骨上，月光明晰地照在他無奈的臉上。這一次我的返家，似乎使得他在煩憂中又老去了幾歲。從小他一直最疼愛我，最關心我的，每次到親戚家做客總忘不了帶我同去，奇怪的是父女之間却很少話說，也不知道這中間到底隔着什麼藩籬，每次見着父親想要告訴他的一些話，常常被恐懼忘得一乾二淨，而父親眼神裏流露的關愛多少也透露了想要與我說什麼的訊息。

去年也是這個時節，父親却突然來到我的面前，用極其莊嚴的語氣跟我對談。

「桂枝，阿爸想到城裏來看看妳，總是抽不出空來，最近礦場老是忙着。」

「阿爸，你休幾天假，阿姆難得到城裏，您就同她一起來吧！」

「好罷！找個時間看看再說，妳阿姆會暈車也是麻煩事。」

不知道父親怎麼突然興起要到城裏看我的念頭，莫非我在G市的工作已經傳回純樸的故鄉。自從我大把大把的鈔票往家裏送之後，村人們不時會傳出風風雨雨的流言，這些話早晚會飄送到母親的耳裏，她曾經不止一次的跟我說：

「桂枝××昨天到我們這裏來，她一直追問妳在城裏的工作。」

「這些人吃飽了沒事幹，老是管人家的閒事。」我最厭惡這等女人，而牡丹坑的女人幾乎都有這種毛病。

「她說有什麼工作，一個月可以賺那麼多錢，以後她家女兒中學畢業後也想到城裏去。」給父母親帶來的痲煩事可够多了，只爲了自己的固執，而難道這也錯了嗎？

「等孩子生下來我就走。」

我再三的向母親說明我的決定，其他我不知道還應該說些什麼？

一九八〇年某月某日

陳由N港來了一封信，他老是不忘提結婚的事，婚姻對我來說並沒有多大意義，而且我從來都沒有想過這個問題。

水仙也跟我提過這件事，我總以爲她的思想單純得近乎可笑，她並以爲感情就是一場人生的遊戲，我却不這麼認爲。

上午水仙來我的房間閒聊，這幾天生意清淡，尤其是上午更是連個鬼影子都沒有看見一個。

「艷紅，妳對陳打算怎麼交待？」還是那句老掉牙的話。

「妳指的是那一方面？」

「錢的事情我們不談，講感情吧！」

陳每次泊岸時總會携帶一些錢來看我，這些水仙知道，而我拿了這些錢做了些什麼事，她也明白。

「我想陳不會那麼輕易動情的，一個常年流浪在海上的男人，他會對一個煙花女子談愛嗎？」

「話可不能這樣講，感情的事很難預料，尤其是男女之間。」

「我現在只想多賺一些錢，其他的事擱下來以後再說，妳知道我還有好多心願未了。」

在「夜夜香」，與我談得攏的就只有水仙，水仙家住南澳，從小也是苦命胎子，我們兩個一樣是養女，但她的養母却時常毒打她，甚至於唆使他親生兒子強暴水仙，水仙就如此失身於一個整天游手好閒的男人的手裏。她實在忍受不了心靈與皮肉的雙重煎熬，有一天夜裏趁着家人熟睡時逃到G市，後來她養母一家打聽出她在「夜夜香」後更是三天兩頭的向她索錢。或者我們兩心靈上的傷痕同等沉重，我們竟常常覺得彼此互相聊天，能夠解除諸多不快。

我們繼續談着陳，同時翻出他在海外各國港口留下的照片，寬濶的雙肩使得他的胸膛看來格外壯碩結實，四十開外的年紀，還看不出歲月在他臉上爬行的痕跡，也許跟他遨遊四海寬廣的胸襟有密切的關連。

「艷紅，如果陳不是妳的人，我倒有意思嫁給他哩。」水仙握着他的相片左右端祥。

「什麼我的人妳的人，妳如果中意他的話，下次他下船時我告訴他。」我一臉認眞的說。

「喂！喂！開玩笑的哩！妳可不能當眞的跟他說哦！」

「誰跟你開玩笑，只是媒人紅包可要包大一點唷！」

「去妳的，越講越不像話了。」

其實我看得出來，水仙從心底裏愛慕着陳，而她却沒察覺到我對陳一點感情都沒有，我倒認為水仙跟陳是非常相配的一對，有機會一定要好好的拉攏他們。

下午與水仙去了一趟孤兒院，這是我們每星期例行的習慣，「夜夜香」裏沒有任何一個人知道我們去孤兒院的事。而院長那邊，我們更再三交待對於我們來孤兒院的事要絕對保密，同時對於我們工作的地點我們也絕不讓院長知道，這可以免除很多不必要的麻煩。

能夠在忙碌的一個星期中抽出一個下午的時間和那麼多天眞可愛的小朋友們玩在一起，我們的心靈都洋溢着幸福與歡笑，我們也知道孩子們需要的不是我們每次携帶來的大批禮物和金錢，他們需要更多的愛。

剛剛走進大門迎面而來的是滿面歡笑的院長，略微發胖的身軀，高高梳起的髮髻，使得她比實際年齡要更年輕好幾歲，金絲鏡框後面隱藏堅毅的信念，我們佩服她超然的意志。

「以後要來以前，先講個準確的時間，我讓老王去接妳們，看妳們累成這樣，怎麼得了唷！」她一面說話一面接過我們手中的東西，三個人朝辦公室走去。

「院長，下個禮拜我們有點事，恐怕不能來，孩子們需要的東西，就煩勞院長了。」我從提袋裏抽出一萬塊交給院長，我看見院長金絲鏡框背後閃過一束晶瑩的光，她同時迅速低下頭去，以拉開抽屜的動作掩飾自己。

「妳們每個月在我們院裏花費那麼大，妳們……妳們如果有什麼困難……」院長似乎在躭心金錢的來路。

「院長，妳放心，如果眞的碰上了困難我們會直言的。」

「哦！對了，古小姐，大概是前天罷，有一個中年男子來這裏找一個叫做古小虎的孩子，我記得妳的兒子也叫小虎，會不會……」院長不再往下說了，同時看了看水仙。

「那個中年男子長得怎樣子。」

「中等身材，留着五分頭，還有兩撇小鬍子，穿着很體面，擧止溫文有禮。」

是他沒有錯，照院長的描述他一點都沒有改變，以往注重衣飾的習慣。他什麼時候出來的，出事後他被遣送至離島，一直就沒有他的消息，後來聽說他被處了重刑，外間甚至於一度傳說他已經被處決了，而今事實證明那些純係謠言而已。

他怎麼會想到孤兒院找孩子，出事以前他爲了顧慮我的安全，不肯與我連絡，孩子出生的時候他已經被捕了，那麼他一定是在出獄後探聽出我已平安生下他的孩子。

十年了，漫長的歲月是否已使他改變過去激烈的思想，被判了重刑，能够在服刑十年後獲釋，相信在他個人生命的某些觀點上，定獲致相當大幅度的改善。

孤兒院裏回來，整個人好似吸食了迷幻藥那般虛脫，向老闆請了一個晚上的假，然後一個人出去散散心，讓回憶使我暫時忘却眼前的困惱，十年的歲月不算短，而青春竟也隨着「夜夜香」斑剝的牆面長了青苔。

一九七〇年某月某日

「艷紅，我希望妳能够瞭解一個孤兒的心態。」

林背對着我，整個上身赤裸裸的，渾圓的身體堅實壯碩，給人一種安全感。

「我也希望你能够瞭解一個養女的心情。」

與林相識，相交到以心相許，雖然只有短短半年不到，但感情却似電光石火。我不明瞭他對我的感覺如何，對一個女人來說他却是最可靠的避風港。

只是近來我們之間似乎被另外一種新奇古怪又近乎偏激的思想搞得不太愉快。常常，我們會爲了彼此不同的見解鬧得一整晚不說半句話。

因爲在「夜夜香」裏見面不方便，因此我們另外租了一間房子，供我們相會之所。

一開始今晚的話題仍然落在他要我離開「夜夜香」上，其實這個問題幾乎已經老掉了牙——在我們初識沒多久，他就堅持地要我離開這個人肉市場，雖然我有意聽從他的意思，但離開後的生活保障，却使我不得不再三考慮。

除了這個老舊的話題之外，他在隱隱之中還透露了近來的遭遇，而談話的內容我一直未能獲得完全的理解，只聽他侃侃而談，而且愈說愈激動，竟連今晚談話的主題也遠遠的拋棄了。

「艷紅，妳覺得我們這個社會怎麼樣？」

對於這種莫名其妙的問話，我想第一個回答的就是我心裏上的直覺。

「很好呀！」

「妳不覺得妳我都是這不幸社會的產物嗎！」他似乎想利用盤問式的方法，引誘我說出什麼。

「我從來就沒有這麼以爲。」

「那妳就大錯特錯了，妳不要以爲一個社會表面看來安和樂利，歌舞昇平，它就是很完美的社會，這是粗淺的看法，也是最幼稚的思想。」他激動的情緒隨着他說話的音調昇高。

「妳怎麼會有這種可怕的思想呢？」

他突然站立起來點上一根煙，打着赤脚在房間來回踱步，思緒顯得不安與急躁，與他認識這麼久了，第一次發現他這麼毛躁的動作，他不時的往窗外面看，磨拳擦掌的靠近窗檽邊不時的用右拳擊打窗框。

「這就是所以我們的社會會如此萎靡不振的原因，今天我們要強起來，我們要澈頭澈尾的來一次洗心革面，我們要剷奸除惡，我們不能讓小人們得勢了就忘了家國大計。」

我知道他是受過高等教育的青年，但像今晚儘講一些讓人聽了莫名其妙，且沒頭沒腦的話，却是我從來沒有見過的。爲了不扇風助燃，爲了使他激動的心緒獲得平穩，我儘量的不答腔。

「艷紅，妳怎麼不說話，妳不讚同我的看法嗎？」他反身向我，好像要獲得我的共鳴與支持。

「如果我是……第一個要做的就是……」

突然房門被敲得「喀——」「喀——」響，他機警的停止說話，眼睛同時緊盯着房門，房門開啓處，是水仙，我們在這裏租房子，只有水仙知道，她來一定有事。

「艷紅，妳出來一下。」水仙向他道歉，同時向我招手。

是我的一位熟客，剛從船上下來，現在在「夜夜香」等我，雖然我極不願意離開這裏，不過總得找個理由向林解釋。

「林，我的家人從鄉下來，我必須趕到我姐姐家去會他們。」

一聽是我家人來了，他趕忙穿起衣服表示要陪我同去見我家人，我著急着說不用了，他們有急事馬上要趕回鄉下去。我急匆匆地走了，留下滿頭霧水的林。

我之所以如此做，並不是玩弄林的感情，這個熟客是條大魚，爲了儲存將來與林結婚後的生活基金，不得不出此騙計，我已經決定了下個月要離開「夜夜香」，本來今晚準備與林說的，却被無謂的爭論躭誤了。

從「夜夜香」回來，竟看不見林的影子，會不會到外面陽臺乘涼去呢？外面靜悄悄地，現在已經深夜兩點鐘，他會到那兒去呢？梳妝臺上放着一張便條。

艷紅：

晚上不回來了，妳不在，叫我一刻也無法呆在這兒。

林留

像失去什麼，心裏覺得空茫茫一片，這個我倆共有的小屋，我們從來都不曾單獨留宿。

關上房門，讓夜風徐徐吹送，林是否也在夜半兩點鐘的街道獨行？

事情終於在半個月不見他面的一個夜晚發生了，那一天他打電話約我在小屋見面，並叮囑我愈快愈好，遲了恐怕見不到他的面。他老是製造些緊張的氣氛，我的雙腿不聽使喚的哆嗦不停，不知道發生什麼事情了，來不及更換衣服，叫了部車匆匆趕到小屋，他已經在那兒等候多時。

「艷紅，我出事了。」

他眼睛裏失去了平日豪邁的光彩，遲滯的坐在我的身邊，半個月不見竟使他變得不成人形，除了憐愛疼惜之外我竟不忍心責罵他。

「發生了什麼事。」

「涉嫌一宗政治案件。」他的頭低垂，視線與地板成垂直。

「他們怎麼會找到你的頭上呢？」

「妳是知道的，我除了愛發一點嘮騷之外，我什麼都沒有做，我是個見了蟑螂都怕的膽小鬼，我能做出什麼呢？」

「我想他們一定會還你淸白的。」

夜晚我們留宿在小屋，屋外的星光月華陪伴我們溫存一夜，我們盼望時間從此靜止下來，我們一夜未眠……。

第二天林被治安人員帶走了，那時候我已返回「夜夜香」，我到處打聽他被捕後的行踪，結果是杳如黃鶴。

一九八〇年某月某日

十年後終於有了他的消息，十年後我們的孩子已經十歲了。

既然出來了，爲什麼不來看我，難道我不比孩子重要？我思索終宵，心靈老是得不到片刻寧靜，或者他不知道我還在「夜夜香」，但至少他得來此探探，一點消息也沒有，孤兒院院長的描述應該不會有錯。

整個下午氣候沉悶得發慌，久旱不雨，雖然迎面有風徐徐吹送，但總是熱呼呼的，一點涼意也沒有。

在樓下，我們等待買主上門來，現在不是漁季，也可能是受了經濟不景氣的影響，最近一個月來生意一落千丈與往日的門庭若市相比，竟顯得孤單落寞，難怪老闆老是蹦着那張死人臉，好像人家欠她幾百萬。

水仙和我永遠是最談得來的，我們躲在不顯眼的地方，我們極不希望買主那麼快就找上門來。

「水仙，我眞過厭了這種生活。」

「進『夜夜香』的門都已經十年了。」

「以前還沒有什麼感覺，最近對自己突然有一種罪惡感，尤其是去了孤兒院以後，面對着那一羣純眞無邪的孩子，更覺得自己不配同他們玩在一起。」

「艷紅，千萬別這麼想，做妓女的也有她的人格，雖然我們這種販賣肉體的行爲在這個社會裏遭人輕視，但我們也不是那種賤得任男人脫褲子也無所謂的女人。」

「一方面我也常在想，小虎都已經十歲了，每次我回去，他總是纏着我問這問那的，我眞招架不住，有一天他竟忽然要我寫信給他爸爸，孩子無罪，孩子可憐，生下來就不曾看過父親，看見玩伴們個個都有父親，他幼小的心靈總有一塊陰影。如果讓他知道，他母親就是在做這種工作，叫他以後怎麼做人。」想到孩子淚不禁潸潸下。

「妳不是說林已經出來了嗎？那妳應該去找他呀！爲了孩子和妳的幸福，艷紅，妳應該去找他。」

「可是也不知道他落脚的地方，再說他現在對我，是不是和十年前一樣呢？」

「就憑他急着找孩子的那份心思，我敢斷定他仍然愛妳。」

「很難說啊！十年的時光樣樣事物都在改變，再說他找的是孩子，又不是我。」

我們正聊着，一個人客進來了，約莫四十歲光景，他的目光快速梭巡了一遍，落在靠近門邊的莉莉身上，他們相偕上了樓，除了我跟水仙之外，其他的人臉上都露出了失望的神色，這也難怪，枯坐了整個下午，好不容易有了顧客，買的却不是自己，就像小時候眼看着一塊好吃的糖果被別人搶去了一樣的失望，甚至還帶着滿腔憤懣。

一陣騷動過後，又恢復寧靜，只是大家都顯得有點病懨懨的，一點生氣也沒有，而大家却又顯得那麼自然，彷彿這是日積月累的習慣。

「妳這個什麼態度嘛！我老子不是來發錢買罪受的啊！走——走——去叫妳們老闆來，媽拉個——」

一陣山東腔的叫罵聲打破了樓下肅靜的空氣，老闆驚慌地站了起來，坐在門口打瞌睡的管理員阿吉，也一骨碌地從椅子上驚醒，奔向樓梯口。

「幹伊娘，這隻死豬，也不看着自己是什麼德行，一百五十塊錢就想打死人了，要這要那的，老娘不賺了。」是莉莉的聲音。

「怎麼——妳駡人哪！什麼東西竟敢駡我，臭婊子，妳幹我娘，妳拿什麼東西幹我娘，今天不打死妳這個賤人就不要離開這裏。」

「碰——碰——」兩聲物體互相撞擊的聲音，同時「啪——啪——」兩響，莉莉尖銳的聲音傳了下來。

「救命啊！殺人了啦！救命啊！」

樓下的人們慌成一團，老闆忙着撥電話到派出所，阿吉一個箭步奔了上去，大家七嘴八舌的沒了主張，只是看着樓梯口乾瞪眼。

「我宰了妳這個賤人，什麼人不好罵，妳罵我娘。」

那個山東嫖客大概大氣未消，仍然粗聲粗氣的大聲叫罵，莉莉的哭嚎斷斷續續，嘴巴可也沒有閒着，不甘示弱地：

「你一個大男人欺侮女人，你會不得好死，出去馬上就會被汽車撞死。」

「妳……」

聲音突然中斷，阿吉推着他下樓，派出所的警員也剛好趕到，樓上傳來「碰——」「碰——」的擂動門板聲，同時可以聽到莉莉淒厲的哭喊。

「阿娘喂！妳爲什麼這麼早就抛下我不管啊！女兒命苦啊！女兒被人家欺侮啦！阿娘喂！救救我呀……」

哭的人傷心，聽的人心酸，我們吃這行飯的隨時隨地都得受外來的侮辱，那些臭男人們，自以爲了不起，花了幾個臭錢就目空一切啦！稍稍不順他們的心就大聲罵我們臭婊子，賤女人，也不想想他們也是女人生的，他們那些臭男人才眞的是賤骨頭哩！

鬧事的人客被帶走了，大家仍然餘悸猶存，也有的人顯現出幸災樂禍的樣子，煮飯的歐巴桑叫開飯的聲音使得大家暫時忘却剛才的火爆場面。

看着桌上的飯菜，食慾竟然降低至最低潮，小虎的映像强烈地出現在我的心幕上，又一次鄉愁潮水那般撞擊着我，歸鄉的意念使我高興的放下碗筷，明天我就回牡丹坑渡假去。

一九八〇年某月某日

好說歹說的與老闆請了兩天假，老闆一直盤問我請假到什麼地方去，因爲每次回家最多也不超過一天就趕回來了，我說要回家玩玩，她有點不相信，臨走還特別叮囑，要早點回來，颱風季節就要來了，不要失去賺錢的大好機會，其實他還不是爲自己着想，我們一次收費一百五，老闆扣這扣那的還要扣除房租費，實際到得我們手上還不到半數哩！背地裏我們都叫他「吸血鬼」。

這一趟大概有兩個月沒回牡丹坑了，小小的村落仍一如往昔那般純樸，每次返鄉總是不敢濃粧艷抹，這裏不適合都市裏的那一套妝扮，主要的還是爲了避免村人們的議論。

下了客運車，一路上盡遇見熟人，有一位少年仔剛剛與我同班車，他加快速度的超過我，並且不時的回過頭來看我，一幅似乎曾相識的模樣。突然，我的腦海閃過一絲記憶，這少年不就是在「夜夜香」叫過我的那人嗎？

「小姐，請問，我好像在那兒見過妳。」少年似乎想起什麼。

「先生，你大概認錯人了罷。」我加快步伐，只聽得少年在背後喃喃自語。

「奇怪，明明是在什麼地方見過，而且她還跟我講過話哩！喔！對了……」

愈去愈遠的脚步把少年遠遠地抛在後面，回過頭，少年怔怔地站在那裏。

小虎在家屋門口看見我就老遠地奔過來，兩個月沒見又長高了，沒爹的孩子一樣可以長得跟大樹一般壯，可是他還是想着他父親，雖然他們之間從未謀面，在他幼小的腦海裏，他的父親是一個勇敢强壯的父親。十歲，十歲的年紀能懂很多事，尤其是心智早熟的小虎。

看着他奔躍而來的身影，我內心的喜悅如浪翻泉湧，我張開雙手抱住他。

「小虎，想不想媽媽。」

「當然想您呀！媽媽。我去和阿媽說媽媽回來囉！」他掙脫我的手矯捷地往家門口一路上又是跑又是跳的。

晚飯時候，母親到處在找小虎，尋遍了家裏以及附近每個角落，就是不見他的踪影。

「這個囝仔會跑到那裏去呢？」母親急了。

「看有無到隔壁看電視？」父親說。

「沒有啦！找過了，都說沒看見。這囝仔從來這個時候都不出去的，今天……」母親喃喃唸着，眼圈也紅了。

我也屋裏屋外的再找一遍，在昏暗的厨房外面的屋簷下，蹲着一團黑影，我朝黑影的方向走去，黑影仍然一動不動的縮在那兒。是小虎，沒有錯就是他。

「小虎，小虎，你怎麼無聲無息的蹲到這裏，你沒聽見阿媽，阿公都在找你啊！」

他仍然沒做聲的蹲在那裏，肩膀還一起一伏地抽動着。

「怎麼啦！小虎，是誰欺侮你啦?!」

「嗚……嗚……嗚」他開始哭出聲音了。

「告訴媽媽，小虎是誰……」

「是妳，妳騙人，妳騙人說爸爸要回來，妳上次說了這次回來爸爸要跟妳一起回來的，嗚……」

「小虎，妳聽媽媽說……」

「我不聽，我不要聽，妳說的話都是騙人的。」他站起身來拔腿就跑。

站在黑茫茫的屋簷下，看着小虎奔跑的背影，歉疚深深的浮現心頭。早上看見我回來那股高興的勁兒，怎麼也想不到，他還深深記住我上次向他說的那些話。

飯桌上小虎依傍着母親而坐，看見我進來連忙把頭偏向一邊去，看來這件事在他內心的打擊已經到了相當嚴重的程度。一整晚他都沒有和我說話，有幾度我內心冒火，想教訓教訓這個不知天高地厚的孩子，但想想他也沒錯，錯的是我不該隨隨便便跟孩子開空頭支票，而除了失望之外，在小虎內心中自是別有一番滋味。

鄉下沒有燈火輝煌的娛樂，家人早早就上床了，一向晚睡慣了，現在獨自躺在床上，輾轉反側久久不能成眠，思緒如屋外的月華瀉得滿地都是。

「林或者會到「夜夜香」找妳。」臨走時水仙忽然說出這樣的話。

「如果他來了，妳告訴他我回牡丹坑去了。」

我極不願意再在「夜夜香」與林碰面，不知怎麼的，最近這段日子老是對自己現在的工作感到不滿和憤恨，這種反感甚至於强烈急速地增加，這次返鄉更有逃避的企圖。

確實是厭倦了朝秦暮楚生張熟魏的生活，年歲日漸增長，黃金時段已經不復存在，孩子逐年成長，種種條件不容許我再執迷下去。

再說林也不希望我呆在那個地方，十年前如此，十年後想必不會改變。

夜，在我冗長的思緒裏更深，更靜，外面竟下起大雨，點點滴滴打在我心頭。

明天起床第一件事就是告訴小虎：

「媽媽在家陪你等爸爸回來。」

然後掛通電話給水仙。

雨仍下着，空氣裏散放一股故鄉泥土的芳香。

一九八〇・六月

剃頭旺

獅湖鎮上的男女老少，幾乎都認識剃頭旺仔這個人。可是要提起他的眞姓大名，却沒有幾個人知曉。

旺仔右脚微跛，據他自己說是被日本人拉軍伕前往中國大陸戰場時受傷的。他耳朵也重聽得很厲害，除非你靠近他的耳朵邊，跟他說話，不然他祇有憑對方的嘴唇開闔來猜測了，這也是日本人的「傑作」。因此，誰要是在旺仔面前提起日本人，他會痛恨得咬牙切齒的。

在當年，獅湖鎮上五百戶人家，就只有旺仔這位優秀的理髮匠，鎮民們要理髮除了旺仔外不做第二人想。

因此旺仔生意興隆通四海，每天都可以看見旺仔踏着他那廿四吋的脚踏車，穿梭於大街小巷，後座載着幫他替客人修面剃鬚的老婆——靜枝。就這樣夫唱婦隨，從打早到黃昏，一家挨過一家，每天有剃不完的頭。

「風光哪！那時候！」旺仔講話的嗓音大得很，手下的剪刀就像割草的鐮刀一般快速且起勁。

近年工商發達，都市計劃後的獅湖鎮由原先的五百戶人家，急遽增加了三倍以上，鎮上突然間熱鬧了，一間間摩登時麾的超級理髮廳如雨後春筍，每一家都在比氣派，所投下的資本聽說都是上百萬的哩。

旺仔不再那般風光了，十年風水輪流轉，人們都說旺仔的賺錢運已經過去。

之後不再看見旺仔時，他那廿四吋的脚踏車後座，已經不見了阿旺嫂的踪影。

獅湖鎮上的人們開始議論紛紛……

旺仔不知什麼時候竟也學會了喝酒……

1

「阿海——阿海——」

旺仔搖晃着酒瓶，下午喝到現在，他看着眼前兩個空了的酒瓶，一連喚了幾聲仍然得不到回答，旺仔那隻萎縮的右脚擱在長板凳上；臉朝向厨房的門大聲使勁地叫嚷。

「這夭壽仔，又不知死到那裏去了！」

「阿爸什麼事？」小阿海的回答突然從背後響起。

「去店仔賒瓶米酒回來。菜橱子底下有隻空瓶。」

「店仔的阿婆說沒有錢不賣酒給我們，阿爸！」阿海怯怯的站在原地。

「什麼？阿……阿婆……不賣……賣……酒……」

旺仔歪斜的身子幾乎坐不穩，由於過度的激憤，擱在右脚底下的那隻木凳被踢得四脚朝天。

旺仔顫巍巍立起身子，往菜橱邊一跛一拐地靠過去。

快近菜橱邊時，只覺得整個人把持不住，一個勁兒的往前衝，眼前一片黑，最後是怎麼上了床的，連自己都不知道。

醒來時，四周一片漆黑，頭殼沉重得像石頭那般重，客廳裏亮着燈，怕是阿海在做功課罷！這個孩子轉眼就要國中畢業了，旺仔內心煩憂的正是躭心孩子的出路，讓他繼續升學罷！身邊一點餘錢也沒有，以前生意大好的時候攢了一些錢，却被那夭壽的婆娘席捲個精光，現在除了還有幾個老主顧的收入之外，情形已經一日不如一日了。

要說讓孩子國中畢業後，就跟着自己學手藝，又於心不忍。畢竟自己所受的苦頭已經够多了，男孩子學理髮也大大不合時宜了，現在那一家大大小小的理髮廳不是雇用女孩子理髮的。當初阿海的娘也是一個理髮婆仔，每天打扮得標緻漂亮，手上功夫更是要得，當初也不知她中意自己那一點，一個跛了右脚，耳朵又不管用的聾脚男人。而認識她以後的那段日子，快樂總是纏繞著他團團轉。

想起這些甜蜜的往事，旺仔的思緒一下子鮮活起來，酒也醒了一大半。他望着昏黃的燈光下，阿海的背影，這個孩子從小就乖巧懂事，而自己却沒有能力讓他得到與他同齡玩伴相同的幸福與快樂。

一隻手輕輕的搭上阿海的肩膀，孩子驚嚇的臉孔浮昇起一份純眞的關切。

「阿爸，您好多了罷？我去倒水來給您洗洗臉。」

從方桌上拉起弓着與桌成水平的上半身，阿海積極的往厨房走，十五歲的軀殼，却擔負着廿歲甚至於更多的成熟，不幸使他變得更堅强，更像個大人樣。

「都是那臭婆娘害的。」

旺仔望着孩子的背影，心裏一陣酸楚，淚竟成串地往下滾落。淚眼糢糊中，他似看到了自己——自己那美好的過往時光，以及辛酸的歲月。

2

立秋剛過，氣候仍然躁熱異常，獅湖鎭上正忙着稻穀的收割，動作快一點的人家已經挑穀入倉了，時代在變，什麼事情都講求效率，即連農事的耕作也不例外。

這時節也正是旺仔最忙碌的時候，鎭上的男人們都想利用這檔空閒時間，整理整理頭上的煩惱絲。

卽使生意一落千丈，但老主顧仍然跑不掉等着旺仔去剃頭。

廟坪的大榕樹下就是旺仔最豪華的理髮廳，一張圓凳，客人坐在上面，剃頭沒有明鏡，涼風徐徐的吹送，比冷氣還過癮，剃完了各自回家洗頭，尚未輪到剃頭的坐在榕樹下的石椅上聊天乘涼。

旺仔握着剃剪的手微微的發抖，自從患上酒癮之後，這隻手老是不聽使喚；就像第一次撫摸靜枝一樣，那印象至今猶深深烙記在心上。

新婚的夜晚，人家說「春宵一刻値千金」而面對這如花的美眷，旺仔的手不知往那裏擺。先前可從來都沒有挨過這種陣仗，一下子要他接受這般刺激的遊戲，他的雙手微微發抖，待看着靜枝拋過來的笑眼，他更抖得厲害了。

洞房花燭夜在慌張迷糊中送走，在睏倦中睡去，第二天醒來除了靜枝安詳的睡姿，以及弄縐了的一床被褥之外，好像什麼也沒發現。嗯！什麼都沒有。

她是自己第一個接觸的女人，生命中除了母親，她就是最親近的女人了，最親近的人竟然會背叛自己，旺仔恨恨的加重右手的力道。

「阿旺，剃慢點好不好？我這老頭殼經不起你的折磨哪！」木生伯高聲的抗議。

旺仔面露歉疚的向木生伯賠不是，這般憤怒的喊叫，聽在他耳裏却是最溫柔的言語。耳朵不中用了也有一點好處，對於人家如何刻薄的話語甚至於詛咒，都可以耳不聽爲淨。就像靜枝每一次罵他一樣，他只當是一句不關痛癢的言詞，雖然潑辣的動作讓他明白其中的意義，但總不會直接刺傷自尊，而只有一句話常令他耳鼓激盪直透心肺，難過的程度比槍彈打在大腿上還深沉。靜枝在人前人後有意無意間嘴邊老是掛著這麼一句：

「你這不中用的廢人。」

其實自己跟廢人沒有什麼差別，跛脚，耳聾已經使他成爲十足的廢人了；當然，旺仔心裏明白，靜枝所指的，包括些什麼事物。

「阿旺哪！我看你最近好像精神不太好。」木生伯的高嗓門把旺仔從回憶裏拉回現實。

「沒有啦！木生伯，你老花眼啦！」旺仔收起恍惚的神態，專注於手中的工作。

「八成又是爲了他那跟人跑的婆娘煩心啦！」樹底下的年青人天送小聲的接口。

「不要亂講話，被旺仔聽到了不好。」富來伯壓低嗓音同時望向旺仔。

旺仔裝做什麼都沒有聽見，只不停的揮動剃剪，其實他什麼都聽見了。

3

夜半人靜的時候，旺仔總要細細地回想自己不中用的原因。那陰影確實已經跟隨他十幾年了，剛娶親的那段時間還顯得平安無事，直到阿海出世以後。生產那天產婆使喚他拿這拿那的，只記得孩子要落地之際，產婆催促他迴避房外，而他却在回頭的刹那，血淋淋的一幕在他腦海勾勒出一件早已忘懷的往事……

那是一個燠熱的日午，日本「皇軍」進入南京城已經一個星期了，城裏到處都亂哄哄的，日軍的燒殺擄掠正如火如荼的在每一個角落展開。旺仔這一隊人馬正由山本大尉率領著，繼續一週的暴行。

在一處新被炮彈炸毀的斷簷頹壁堆中，有一個畏縮在牆角哭泣的小女孩，女孩約莫只有十二歲的光景，長長的頭髮綁着兩條辮子，大概好久沒有梳理了罷，女孩的頭臉顯得格外髒亂，頭髮的綁繩也已經脫落到了髮梢的部位，但仍然掩蓋不了她原來秀麗的臉龐。

他們這隊人正奉命在此稍事休息，以儲備更豐富的精力，以便再做一次更大的騷擾。

旺仔正要闔眼假寐，突然聽到一聲女孩尖銳的呼喊，他迅速抓起手中的步槍往聲音的來處奔去。

收住踉蹌的脚步，一個不穩差點撞上前邊的隊友，就在他的眼前，正有一羣他的隊友們，他們一個一個有的站立有的蹲着，胸前同時都抱着步槍，雖然他們各自佔據了不同的角度，但他們的目標却只有一處。旺仔放眼望去，被圍在中間的是那個滿臉污垢的小女孩，小女孩身邊正蹲伏着一個人，他正是同隊的猪木健夫，此人長得一臉猪像，滿臉橫肉擠在一起，幾乎分辨不出眼、口、鼻的部位。他對小女孩露出粗野的獰笑，然後用力扳開女孩的雙腿，女孩「哇——」的一聲哭了起來，並且急急地向後退，身體因爲來不及站起而在地上仰躺爬行，旺仔看着猪木正像螃蟹一般的匐伏前進，他緊緊握住手中的槍，心裏有如被刀割了那般痛楚。

小女孩驚恐的眼神望向四周，想在其中獲得一絲半縷救援的目光，而一道道射過去的目光却都是冷峻絕望的，雖然旺仔眼裏迸放憤怒的火花，但在眼前這個局勢裏，也是愛莫能助的。

女孩又「哇——」的一聲發出慘叫，這一次却都是接二連三的，旺仔看見女孩的內褲被脫下來了，猪木爬伏在女孩弱小的身上，正在一起一伏的發洩他的獸慾，女孩痛苦無助的叫聲在曠野間傳盪開來，旺仔摀住耳朵不忍再聽見那痛苦的呻吟，眼見自己的同胞被這一羣異國禽獸姦辱而自己又束手無策，旺仔內心翻湧一股澎湃的怒浪。

隨著猪木之後又換了另外一個人，他們竟然排成一隊候在那裏。

「這羣無恥的禽獸。」旺仔在心裏怒罵，手中的步槍握得更緊，右手的食指扣在扳機上。

女孩不再哭喊了，死寂的野地上，除了燠熱之外，所能聽到的就是一陣陣猪狗般的氣喘。女孩的靜默使得旺仔感覺事情不對，再一看時，旺仔憤怒的火焰就要跳出胸膛，女孩靜靜地仰躺在地上，雙手一邊抓着泥土，一邊抓住了青草，大腿以下全沾滿了鮮血，血淋淋的一片染紅了青草地，也染紅了旺仔的心……

「巴格野鹿，你們這羣狗娘養的。」旺仔用日本話大聲咒罵，他已經忍耐到了極限，他再也顧不了生死，他狠狠地向天空開了兩槍。

回到部隊之後，旺仔被隊友們輪流毆打，不讓他吃飯，也不讓他睡覺，他們說旺仔汚辱了神聖的日本「皇軍」，他們說要好好的折磨他。

旺仔注視着他們一個個兇惡的臉上，沒有一點人性，他覺得自己的行爲對得起天理良心，雖然在這支隊伍裏他是十足的叛逆，但能夠爲與自己講同樣語言，同樣流着中華血統的同胞受點苦，出口怨氣，也是值得的。

祖國的八年抗日勝利使得旺仔免去一死，但也因此使他失去聽覺，後來雖經求醫診治，也只得百分之三十的恢復率而已。

而祖國南京城裏那一幕血淋淋的慘像，一直在他腦海呈現，剛回來故鄉的那段時間，更是每晚惡夢連連，甚至還夢見自己與慘死的小女孩在一片相思林裏散步，兩人脚不着地的在林裏飄遊，地上滿是血淋淋的一片紅。白天裏只要靜下心來也不由得你不去想它，這懼怖的往事，一直到他認識靜枝才逐漸被淡忘。

自從這段懼怖的往事從新被勾起之後，旺仔萎縮的程度日益嚴重，靜枝可是正值强旺充沛之年。

「你這死沒路用的東西，我跟你是歹命唷！」

這樣尖酸刻薄的話常常讓鄰居們偷聽了去，也因此街頭巷尾可也增加了不少茶餘飯後的話題。

其實旺仔也常常想忘掉心裏的那塊障碍，他一次又一次的嚐試，可是一次又一次的失敗。

要發生的事終於還是發生了……

一個天氣陰沉的午後，旺仔午睡剛醒，他沒有忘了今天榕樹下還有好幾個頭等待他去剃，擦着惺忪的睡眼，一面整理工具，一面向裏間高喊：

「靜枝，準備好了沒有，要出門囉！」

喊完，他仍然一股勁兒的繼續將工具收拾進皮篋裏。過了一會兒還是不聞回音，莫非今天耳朶失靈啦！再試着叫了一遍，而且還提高嗓門兒，這次回答他的依舊是一片死寂。

或許昨晚趕着替阿順剃新郎頭，做夜工太累了午睡還沒醒罷！

旺仔推開半掩的房門，裏面黑漆漆的一片，窗簾被拉上了，本來就光線不足的小房間，有如黑夜中行走一樣，旺仔摸索近床邊，扭開頭上的電燈開關。

床上整齊的疊着一床棉被，那裏有靜枝的影子，再看兩牆間吊置的衣服，什麼都沒有了，床底下的皮鞋也不見踪影，第一個閃現在旺仔腦門裏的便是：

「跑了。」

匆匆拉開放衣服的櫃子，旺仔急急一陣摸索，臉色突然急遽在轉變，倒坐在床沿上，眼前似乎有一團金星在閃爍着。

「完了，什麼都完了，一生的積蓄在那隻鐵盒子裏，也被拿走了。」

旺仔喃喃的唸着只有他自己懂得的話語，兩眼遲滯地望着地下。

大榕樹下的幾個頭也不去剃了，他失神的走遍了獅湖鎮的每一個角落。他什麼也沒有找到，人家告訴他，在獅湖鎮上你休想找到她的踪影。

4

旺仔在樹蔭下揮動剃剪，兩三個人坐在陰涼的地方等剃頭，旺仔正聚精會神的工作，突然有一個人喊他：

「旺叔，待會兒到你家去，有事告訴你。」叫他旺叔的年青人附在他耳邊說話。

「什麼事這裏不好講？」旺仔莫名的望著年青人。

「回家再講啦！」

這阿榮仔也眞是，什麼大事我沒有見過，値得這麼神經兮兮的。

旺仔踏着他那「吱——嗝——」做響的老伙伴往回家的路上趕，看那阿榮仔剛才講話眼神，似乎這件事的嚴重非同小可，可是一時也猜不透他悶葫蘆裏究竟賣的什麼藥。

快要到家的路上，一羣女人圍在那裏，講話的聲音簡直就像市場的叫賣，平常旺仔最討厭看到她們了，欺侮他耳聾，遇見他來說話的聲音從來都不會壓低。

「有人在梅鎮看見阿旺的婆娘了哩！」

「眞的假的？是誰看見的？」一個胖女人急匆匆地跑到前頭來。

「是溝仔頂的阿發仔回來說的，他還說得有手有脚哩。」

「他怎麼說，他說什麼來着？」又是那個胖女人搶着說話。

「他說靜枝那女人啊！現在在梅鎭開了一間好漂亮好豪華的理髮廳，還有一個很體面的男人在她身邊哩！」

「啊！眞的啊?!」衆女人不約而同的發出驚呼。

「哦！難怪她不要剃頭旺啦，阿旺仔也眞歹命唷！」

旺仔打從她們身邊擦過，車子牽在手裏，他慢慢前行，她們說的話他一字一句都聽見了。現在他大概已經明白阿榮找他的原因了，剛剛急着見阿榮的那份衝動，竟突然間的冷淡下來。

「旺叔，這件事你到底打算怎麼辦？」

榮仔很關心這件事，從小他就最敬愛且最同情旺仔，尤其每遇空閒時候他最愛聽旺仔在大陸戰場的故事，故國山川的綺麗一直重複在他心靈裏廻盪。

「依你看該怎麼辦呢？」

旺仔注視着眼前的這位年靑人，自從靜枝出走後，鎭上大大小小熟識的人家，該屬他來家裏來得最勤的了，像這種年靑人現在也眞少見哩。

「把阿旺叔母找回來，然後你們共同經營理髮廳。」

「那個賤人會肯嗎？」

這幾年來對於尋回妻子的信心已經完全失去了，也可以說他是完全放棄了尋找的念頭，他很開通的認爲，卽使眞正尋找回來了，又怎麼樣。

「總要試試看的，旣然知道了她的下落，要找她回來就比較容易了。」

「我看不用找了，由她去吧！這麼幾年了，要是她想這個家，早該回來了，這個心比鐵石硬的賤人，連自己的親骨肉都可以不要了，還會要這個家嗎？」

「說不定她是日日想着你們哩。」榮仔安慰他。

「唉呀！說那些都是廢話啦！」旺仔近乎咆哮的向着阿榮，他竟莫名的對這個年靑人發火。

榮仔走後，旺仔一個人深深陷入一連串紛雜的思緒裏，阿海還沒放學，家裏冷淸淸地，屋外的氣候陰沉沉地，使人的心裏說什麼也無法暢快起來。

旺仔覺得自己好像一下子蒼老了十幾歲，在這個世界上他也不知道到底圖的是什麼？小小年紀去了爹娘，從小依靠叔父養大成人，正想報答他老人家養育之恩時，叔父却已撒手人寰，不幸總是接踵而至，幸運之神從來都不曾關照過他。待心裏的傷痛一一平復之後，他成了家，原以爲從此將可平坦的終其一生，人人爲他慶幸之餘，又面對了這悽慘的遭遇。

旺仔舉起磁杯一口一口的往肚裏灌，昨兒晚餐剩下的花生米正是他下酒的好菜餚，這幾年由於常喝酒的關係，手竟不聽使喚的抖起來。剃頭的時候也要不經意的抖兩下，他總是小心的克制住，也有很多顧客不願在他剃刀下受罪，都紛紛轉到別家理髮廳去了。

靜枝的離家給這純樸的小鎮帶來軒然大波，這陣漣漪在寧靜的獅湖鎮激盪了好久好久，人們在有意無意間會談及此事。第一次聽進旺仔耳裏，他不相信他耳朵怎麼突然間變得那麼靈光了，平常時候人們跟他說話總要大聲嚷叫，他才聽懂意思。

第一次他懷疑自己的耳朵聽錯了，可是第二次……第三次，接二連三的事實却證明了自己已經成爲人們的話題。

旺仔用發抖的雙手抱住頭臚，酒精使他暫時忘却過往的痛苦，但也一層一層撩起他痛苦的回憶。

他一直不相信自己已經眞的不能了，或者當初靜枝只不過是爲了尋找一個藉口，其實她在外老早就有相好的，那麼自己應該如何恢復信心呢？

內心裏潛藏的一股慾念激動的往上沖，死了幾千年的火山又復活了那般，酒精發揮了助燃的功能，火愈燃愈旺，勇氣也隨著溫度的昇高而加强。

於是，他想到了何不找個機會去試試自己的本事？不過這是要有相當勇氣的，跟妻子以外的女人來一下，這對他來說是不曾想過的事。

由於緊張或者是心虛罷，陣陣不安的情緒起伏得厲害，喝下去的一口酒差點嗆著了，而且還有點欲嘔的感覺。他儘量壓抑緊張的心情，再呑下一口酒，辛辣的味兒直往上沖，一隻黑猫從他眼前跳過，他疲倦得直想躺下去。

5

最近，旺仔的生意已經大不如前了，先前給旺仔包年的主顧們也於包期滿後不再續包了，這一方面是由於鎮上的青年們一個個離鄉到外地去謀發展，鎮上新設的理髮廳一間間的開幕了，也是主要原因。

生意清淡了，生路也漸漸地受到威脅，可是生活却不能不顧，旺仔繼續努力開發新顧客。

這一天，幾個老主顧們在等候旺仔剃頭，大家有一句沒一句的閒聊着，話題轉到剃頭這行業上。

「街仔阿春的那間剃頭店進進出出的人眞多哪！」

「現在年青人花心太重了，看見漂亮的姑娘，眼睛就像被魍神牽去一般，跟着人家團團轉。」

「喂！旺仔，你也不去看看那些漂亮的剃頭店裏到底藏著什麼寶貝，生意這般鼎盛。」

「唉呀！那些姑娘手藝不會比旺仔強啦！」有人替旺仔抱不平，旺仔默默地不作聲。

「喂！聽人說現在大城市裏的剃頭店都有那個什麼……馬什麼鷄的。」

「馬殺鷄的啦！」

「對啦！對啦！看我這個老頭殼眞不管用了，上次他們那些年青人囘來剛講過，我又忘了。」

「阿春的店裏是不是也有。」

「那就不知道囉！我們又沒去過。」

「剃頭的手藝多强是騙人的啦！不過時代在改變了才是眞的，以前的人那裏做興這一套，其實馬殺鷄也是一種專門行業，只是被現時的一些生意人搞壞了，都是傷風敗俗的啦！」

旺仔打破沉默地發表他的意見，這也不是什麼同行相嫉，旺仔的看法跟他們不一樣，這種不正當的行爲不會在這個社會生存太久的。

旺仔蹬着破舊的單車，這部廿四吋的兩輪車曾經跟着旺仔輝煌地跑遍了整個獅湖鎭，如今老邁了，跑起來有點吃力，而且還不時發出「格登！」「格登！」的聲響，旺仔捨不得抛棄這個與他共存了廿幾年歲月的老伙伴。

旺仔甚至於不忍心用太重的壓力使它快跑，一天的工作做完了，趁着西下的夕陽，在村道上，旺仔悠閒地往回家的路上蹬。

幹了一世人的剃頭匠，雖然沒有使自己大展鴻圖，但可也沒有讓一家人挨餓過。

旺仔對於自己當初所選擇的行業仍然沒有灰心，他仍然相信當年師傅留下來的那句話：「授子千金，不如敎子一藝。」是至理名言。

一路上儘想着過去種種，每天都有不同的記憶出現，而每天的感受也都不一樣。

回到家，昏黃的燈光下，阿海趴伏在老舊的八仙桌上做功課，旺仔坐在桌子的另一角埋頭清理剃頭工具，他儘量不發出聲響，父子兩各忙各的。

阿海奇怪父親今天的擧動似乎大大地反常，晚飯時候也不飲酒了，看來今天父親的心情特別好，臉上也不時掛着笑意。阿海想着藏在心裏好久的話應該是說出來的時候了，難得父親有這麼快樂的時候。

旺仔細心地在剃剪的關節處一一加上油，用一塊潔淨的白布包裹好，他一邊工作一邊輕鬆地哼着雄壯悅耳的進行曲，阿海抬頭看了父親一眼，旺仔以爲自己的歌聲吵了孩子，歉疚的停了下來。

「阿爸，我第一次聽見你唱歌哩！」

「那不是歌啦！那是進行曲，很雄壯是不是？」說着說着旺仔竟有點得意。

「阿爸，我想同你講一件事……」阿海欲言又止。

「什麼事？」旺仔鼓勵阿海說下去。

「阿爸，你把阿母找回來，好不好？」阿海說完話匆匆低下頭。

屋內的空氣頓時凝住了，旺仔沒想到孩子竟會在這時候提出這個問題，難道他在外邊聽見了什麼風聲不成，這在孩子的心靈中可能多少會受到一點刺激。

阿海低着頭一直不敢抬起。

旺仔想着阿榮那天說的話，也許他們都說得對，應該去找靜枝回來，既然知道她落脚的地方，就應該去找她。

「阿海，明天阿爸去把你阿母找回來。」

旺仔撫摸阿海低垂的頭，阿海抬起頭歡喜的笑開了口。

旺仔收拾好裝剃頭工具的包包，他想……

明天就找人來家裏裝潢裝潢，然後屋門前掛起「家庭理髮」的招牌。

然後再接靜枝回來……

信心，再一次在他心底復活。信心就像滾熱的岩漿一樣在他生命裏流着……流着。

一九八〇・六月

逝

站在巨霸型吊車前面，竟感覺自己非常渺小，雖然進造船廠工作不是一段很短的時間，有這種感覺還屬第一次。

吊車銜著重物，從軌道那端響著「噹！」「噹！」的警示訊號。自從調來這兒工作，每天都聽著相同的聲音，初來時還有點不習慣。

不同的工作環境對他來說也沒有什麼兩樣，只是心理的滋味却大大不同。知道要調換工作的那天，幾個平日裏較談得攏的同事還聚在一處談論這件事。

「伊娘哩，烏龜頭眞不是人，邱的只不過出那麼一點點錯，就把他調到邊遠地區去。」林本講得氣咻咻地，他們背地裏叫他們的主管烏龜頭，其實他的名字是吳貴桐。

「是嘛！也不是什麼天大地大的事，人家陳大頭去年犯了錯，不但沒有遭受處罰，反而升了一級，眞是不公平哪！」江錫賢的聲調愈來愈高，臉紅脖子粗的。

「唉呀！總講一句話，烏龜頭就是看邱的老實，好欺侮，要是換了別人可沒有那麼好呷䀹。」

周錦昌話聲剛落，遠遠地看見主管在門的那邊走過來，圍聚一堆的人立刻散開了，邱華生站在原地，仔細地回味著剛剛同事們的談話。

其實事情的錯誤並不完全在他，他的頂頭領班交待工作不清，而他只不過是照本宣料的向部屬轉達了上司的旨意，待工作完成之後，却發現與原意相差了一大截，這又是非常重要的一件工作。事情既然發生了，領班不但不承認自己交待不清，反而誣指他未遵照指示行事，以致造成嚴重的錯誤。事後他極力地爲自己辯解，甚至於找到主管吳貴桐申訴，原以爲主管一定會替自己平反寃屈。

「主任，有一件事我想有向您說的必要。」由於他一直認爲這件事情的差錯不全在他，因此講起話來多少有點理直氣壯。

「哦！一切經過黃領班已經告訴我了。」吳貴桐開門見山的說，一點都沒有聽邱華生解釋的意思。

「可是，領班在交待工作時確實是這麼說的啊！」他企圖使主管改變一直認爲他錯的觀念。

「是嗎？不過黃領班明明跟我講他交待的是正確的。年輕人要有勇氣承擔一切過錯，錯了沒有關係，只要改過就好了，我平常最討厭做錯了事又不敢承認的人。」

「主任要是不相信，可以去查啊！」他情急地竟忘記了來以前想好的一大堆理由。

「你要叫我到那裏去查？這件事我已經呈報上去了，至於上面如何決定，那就不是我能力範圍以內的事了。」

這等於是做了一次無情的宣判，唯一平反的希望也落空了，看來也只好聽天由命的任其發展了罷。

終於，他被調職了，從大家一致公認極爲輕鬆的內勤單位，調到了目前這個危險性極高，且又極其忙碌的現場單位。

「噹！」「噹！」的警示訊號，由遠而近傳來，一直垂吊在吊車上的鋼板稍稍起了一陣幌動，而鋼板與地面的距離約有丈餘那般高。要是讓這厚重的吊重物滑落下來，而地面上又剛巧有人走過的話，那該有多麼危險。

邱華生口啣著笛子「嗶！」「嗶！」的警告著在底下行走的工作人員，右手牽引誘導繩，儘量使重物平衡，左手持著無線電對講機，與駕駛巨無霸吊車的同仁連繫。

自從被調到這個工作單位起，他就從來也沒有在妻子面前提過半個字。這其中除了多少包含些許丈夫的尊嚴，最重要的還是不希望讓妻子提心吊膽自己目前的工作環境。畢竟女人總是較爲多愁善感的，凡事能夠不讓她操心也就免了。

她是典型的客家婦女，客家人勤儉樸實的美德她樣樣俱備，當初他的父母也是看中她這點，相親沒幾天就急著下聘。雖然不是戀愛結婚，婚後倆口子依然是恩恩愛愛，相敬如賓的日子倒是過得愜意萬分。第一胎她爲他生了個女娃娃，平日就喜歡女孩子的他，可樂得整日裏呵呵笑。早上臨出門時，這女娃兒竟起個透早，從來都沒有的現象，往常那一天不是睡到日頭曬屁股才起床的。

看見父親推著摩托車到庭院，人也像跟屁蟲似的跟到外面，她母親在廚房喊她，她只一股勁兒地往外跑。

「爸爸，你知道今天是什麼日子。」四歲的年紀講起話來像小大人似的。

「今天嘛！是星期五啊！」放好車子，他爲女兒突然的問話感到好笑，從來她都不會注意今天是星期幾的。

「唉呀！人家不是說這個的啦！」

「不是說這個，那妳是說什麼呀？」他倒也眞搞不明白女兒話中的意思。

「今天是小蕙茹的生日，你怎麼也忘了呢？」妻子由廚房出來，提醒他。

這下才使得他從五里霧中醒來，對呀！這麼重要的日子自己怎麼也忘了呢？反倒要女兒來提醒，他愧歉地抱起女兒，吻著她的面頰邊走邊道歉：

「對不起啦！小蕙茹，爸爸眞糊塗，爸爸下班一定帶禮物回來給妳。好嗎？小乖乖。」

「眞的嗎？謝謝爸爸，謝謝爸爸。」一連串的親吻，樂得他合不攏嘴。

該買什麼禮物好呢？去年買了一個洋娃娃，今年不再買洋娃娃了，換樣新鮮點的。昨晚忘了跟妻子商量，平常日子她和女兒相處的機會較多，對於女兒的喜好她較爲了解。

低著頭爲了女兒的生日禮物思索，未見前邊來了一個人，也是若有所思的沒有看見吊重物從他頭上經過，還好沒有發生任何意外。

年關近了，每個人的心境好像都不能快活起來，今年油價上漲，所有的民生必須品都隨著揚昇，首當其衝的就是電費。

什麼東西都漲了，唯獨工資沒有任何動靜，報紙發佈油料漲價的消息，剛剛上班工作服沒來得及換上，大家的話題都集中在這上面。

「這下油價漲得可兇哪！一下子提高了百分之十八，我看機車也不用騎了，大家上班用走路算啦！」

「講瘋話，石油漲價，飯都不必吃啦！」

「石油上漲，薪水不知有無調整？」

「你想給他死好啦！公司今年虧本了還想升錢。」

「哦！照你這麼講公司虧本，我們就不必生活啦！」

「話不是這麼講，多少我們也要負一點責任。」

「講鬼話，我們每天大粒小粒汗的在拼命工作，這樣還不够，那要叫我們怎麼做。」

「幹！公司那些大頭也眞會騙人，就算我們每個人上班都不幹事，也不會虧那麼多呀。」

話題愈扯愈遠，總之大家都關心自己的生活，而除了私底下偶而發發嘮騷之外，平時倒也任勞任怨的在默默奉獻勞力，以血汗換取一家的溫飽。

這一次被調職，邱華生耿耿於懷的躭心年終考績的問題，如果上面不替他報升一級，那往後的差距可就無法彌補了，依照上次與主管談判的情勢，事情恐怕不太樂觀。

距離卸下重物的地方還有一百公尺，每天上工以前他總是虔誠地祈禱上蒼，一天的工作能夠順利完成，每天也總是在躭心害怕的壓力下度過。回到家裏面對妻女，又不忍心將白天上工時的心裏負擔說出來，讓妻子替他分憂。他的妻女也不會知道他內心深處，除了家的擔子之外，另外一種無形的壓迫感正日日逼壓著他的心頭。

下工回到家第一件事就是叫著女兒的名字，從小女兒都是向著他的，在家不聽話受了母親的責駡嚷著要告訴爸爸，半夜夢囈也喊著爸爸，母親買東西給她吃，也不忘了要留爸爸的份。也難怪腦海日夜都要裝著女兒的影像，雖然有時候看到她頑皮搗蛋的樣子，令人生氣，但他就是有那麼好的脾氣容忍女兒的胡鬧。

還有妻子，這個從來都不曾到過都市走動的女人，他更是不忍心見到因爲自己的遭遇，而讓她也隨著自己遭受苦難折磨。她自從嫁過來以後，一直都沒有享受過充裕的物質生活，雖然她一直很滿足於現狀，但還是看得出來她對於美好事物的憧憬。

前幾天，鄰家買了一部四聲道的音響，他下班回家，她就迫不及待的告訴他：
「人家隔壁今天載來一套好漂亮的音響。」她的眼神漾溢著欽羨的光采。
「哼！稀罕。」輕輕發出不屑的鼻音，她沒有聽清楚。
「那聲音聽起來眞舒服，嘭！嘭！嘭！嘭！的聲音把整個屋子都快掀起來了。」伊依然講得眉飛色舞。
「好啦！好啦！知道啦！人家買音響關妳什麼屁事，一回來就嘰哩呱啦的講個沒完沒了。」
第一次對她發那麼大的脾氣，眞是連自己都有點莫名其妙。她只靜靜地站在飯桌邊，看著他生氣的樣子，一句話也沒敢說的繼續手上的工作。
其實，並不是有意要叱罵妻子，每個月微薄的薪水除了日常家用之外，還要固定寄錢給兩位老人家，兩頭開銷的擔子非常沉重。兩個弟弟還在服兵役，父母親不由他來奉養誰來奉養。
昨天兩老托了鄉裏春發伯的兒子家福，告訴他：這個月紅白帖子特別多，希望能夠多寄一點回家。薪水是固定的，平日要多拿出錢來，倒不是件容易的事，只好從每天的菜錢裏擠節下來。
惱人的事不只一件地在他思維裏層層疊疊，而她却不明事理的跟著那些有錢人家瞎起鬨，那晚他怒氣沖沖地早早上了床，連晚飯也沒有吃，度過了結婚以來最不愉快的一夜。
頭上被垂吊著的鋼板再一次幌動，他極力控制手中緊握的誘導繩。今天打從這堆鋼板吊離地面起，路途上搖搖幌幌的總是不太順遂。

去年一位也是幹起重工作的同仁，由於起吊重物的時候不注意，雙脚竟被齊齊壓斷了，年紀輕輕就斷了腿，雖然保住了生命，被鋸掉的兩腿對他的前程簡直是做了無情的宣判。

怎麼滿腦子都是一些怪念頭，東想西想的老是不能專心地走完這一程。女兒的生日禮物又一次使他陷入沈思，晚上回家，蕙茹必定站在家門口盼望父親爲她帶回來的禮物，買什麼東西比較好呢？到現在還沒有拿定主意。

手中的誘導繩突然急促的抖動，金閃閃地陽光從鋼板的邊緣直直照射下來。抖動的繩索還在繼續不停的抖動，其繼續增强的拉力，已經不是一隻手所能控制住的了，他立刻甩掉左手的對講機用兩隻手死命的抓住繩索。由於鋼板幌動得厲害，他的雙脚却隨著鋼板的搖動離地而起，好不容易著地了，又被一股强大的力量拉起。

這種緊張驚險的動作持續了約莫有兩三分鐘之久，巨無霸吊車的駕駛，由於離地面有一段廿層樓房那麼高的距離，他的動作全靠地面上的無線電指揮，而此刻無線電竟斷了線那般的失去了連繫。而他以爲一切如常，仍然繼續未完的行程。

旁邊工作的同仁似乎也看見了這幕驚險的鏡頭，紛紛走避，他們仰著臉朝駕駛拼命揮手，要他停下來。可是，那距離畢竟是太高了，以致於駕駛員無法看清地面上的任何動靜。

邱華生在這生死交關的片刻，却也不敢輕易的放鬆手中的繩索，他想要是自己放棄手中的誘導繩，鋼板在搖幌中勢必失去控制滑落下來，而傷了正在地上工作的同仁。

拉住繩索的手開始痲痺，只覺得手心一陣涼涼的，痲繩的細線割裂他的雙手，血一滴滴地順沿手臂往下滑落。一陣陣乏力的疲憊在他全身散發著，前邊的五十公尺路程還是那麼遙遠。

他的手因爲支持不住愈來愈厲害的幌動，開始慢慢地往下滑，血仍然不停的往下滴流。

巨無霸吊車隨著一聲「轟嚨！」的巨響停了下來。

血，像經過壓力幫浦高壓後的水柱那般，向著陽光照射的方向噴灑開來，鋼板上染滿了鮮血，邱華生緊緊握住的繩索也沾滿了鮮血，而他的兩隻手仍然死命的抓住繩索不放。他只覺得好累好睏，想要躺下來好好的睡一覺，他的口中喃喃的叫著女兒的名字：

「蕙茹……蕙……」

一塊鋼板斜斜地從邱華生的腰旁直插入水泥澆灌的地面，只差一公分就切斷了腰。血噴湧的開著鮮紅的花朵，只是壓力已經沒有先前那般猛烈，邱華生的頭歪向離鋼板僅一寸的地上，臉沾滿鮮血，兩隻眼睛依然看著吊車頂上洩露下來的陽光，十二月的陽光，頂寒冷的。

救護車「嗚！」「嗚！」的駛向出事地點。

一大堆人圍在肇事的地方，他們有的認識邱華生，有的只是見過他的面，有的是事故發生的目擊者，他們比手畫脚的述說事故發生的經過及自己的觀點。

「他不應該站在鋼板的下面，如果他不站在下面，也不會發生這種意外。」

「他眞外行哪！吊鋼板的鋼索不是這樣套法的，他大概是剛進來的新手吧？」

「幹！人家現在是幹班長的哩！相當日本受訓三個月囘來的洋博士，你眞是有眼無珠。」

「哦！那多可惜啊！少說現在每個月也可以拿到一萬五、六吧？」

「聽說他跟主管鬧得不愉快，已經有兩年沒調薪了，最近因爲工作出了一點紕漏，才被調出來的。」

「我親眼看見鋼板從他頭上滑下去，幹！長這麼大還是第一次看見這等恐怖的事，眞是禍從天降。」剛剛在地面上工作的人說著自己親眼看見的經過，眼裏還閃現驚怖的餘悸。

「那比看電影還過癮吧，眞是千年難得一見的鏡頭。」

「幹你娘！人家發生意外，你還有心情開玩笑。」一位年紀大些的一巴掌打在先前說話那人的頭上，那人倖倖地走開了。

人羣愈圍愈多，邱華生睜眼望著頭上的天空，只是眼球動也不動的失去了往日的光采，他未了的心事隨著他不瞑的雙睛幽怨的被埋葬。

人們嘈嚷的聲音仍然此起彼落：

「他大概可以拿到三、四十萬的保險金吧？」

「可能只有十幾萬呢。」

「幹！這可難說唷！」

一九八〇・元月

思想起

暮冬的氣候，人們縮在屋裏享受炭火的溫暖。老天怕要有兩個多月不會放過晴了，偶而雨歇了一兩天，天空又是陰沉沉的一片，直冷得人發顫。島上北邊的天候冬天裏這種情景眞如家常便飯，而習慣了這種天氣的阿木婆，她可是一點也不埋怨老天的不作美。牡丹村裏上了年紀的老人可眞沒有幾個比得上她哩，八十七歲了，不簡單哪！她逢人就炫耀自己的年齡，也確實値得她驕傲的，牙齒沒有掉半顆，雙脚還沒有不良於行的紀錄，一餐要三碗飯，她一切都正常。只是，她常常向人訴苦她的家人都避開她到很遠的地方去了，現在她沒有地方居住，只好暫時住到這家好心的人家裏來了，這家人一定會長命百歲的，這家人的心地眞好，我老太婆死了以後一定會好好保佑他們。其實，這家的主人就是她的三兒子，阿木婆一天到晚顚顚倒倒的，可是她會講很多故事，那些故事可都是年青人不曾聽說過的，那些故事全部都是阿木婆一個人的。

阿木婆說故事說得累了，她就抱著布娃娃哼呀哼的在靠椅上睡著了，她細聲地唱着唯一記得住的歌「思想枝」，她說她很年輕的時候就會唱這首歌了，她又說，只要唱這首歌她就會記起很多很多以前的事情。

這幾天雨愈下愈大了，外面濕轆轆的，客廳裏的潮濕更是一大片一大片的，看了使人心煩。阿木婆却不知怎麼想起了在這下大雨的天氣裏，要到住在三坑村的大兒子那邊去，三坑離牡丹村還有一大段距離，而且都是陡峭的小路，平常晴朗的日子已經很不好走了，何況是這種大雨滂沱的時候。阿木婆顧不得家人的攔阻，她一心一意的要往山裏走，雨正嘩啦嘩啦下着，阿木婆全身無遮掩的大踏步走出去。她的三兒子清海剛巧由外面收工回來，大聲喚住她：

「阿母，天下這麼大雨妳要到哪去？」

「你免管我啦！我要找我兒子去。」

清海怕母親在傾盆大雨裏摔跤，老人家上了年紀最怕跌倒什麼的，半推半拉的把她帶回屋裏，客廳裏靜悄悄地，清海拉開嗓門高聲喊叫：

「你們都死到那兒去啦！阿母跑出去了你們都不知道，外面下大雨跌倒了看怎麼辦？」其實他是叫給清海嬸聽的，這個時候上班上學的都還沒回來。

「那有什麼辦法，我在廚房裏忙，一下子沒看到她，就又溜出去了，難道要關著她不成。」清海嬸在廚房裏回應。

「你這個人是怎麼搞的嘛！跑進人家家裏來大吼大叫的，你再這樣我可要報警察囉。」

阿木婆竟將兒子當做外人，她常常這樣子，六親不認的，清醒的時候事無巨細她都能娓娓道來。其實很多時候她根本不知道自己到底做了些什麼事，比如剛剛吵着要到三坑大兒子家的事，現在又忘得一乾二淨了。

阿木婆穿著那一身淋濕了的衣服，說什麼也不讓家人替她換下來，她還是抱著她的布娃娃坐在破舊了的沙發上，布娃娃不知誰給它劃上兩撇鬍鬚，阿木婆撫摸著娃娃的臉，嘴一邊仍然不住的哼著「思想枝」的調子，邊哼邊停邊喃喃自語：

「可憐的女娃娃，這麼小小年紀就沒人養妳，阿婆疼妳，阿婆惜妳，阿婆明天買好多漂亮的花衣裳給妳。」

阿木婆的「思想枝」愈唱愈低調，她沙啞著嗓音思想起很多古早古早以前的舊事，看著懷裏靜靜躺着的布娃娃，她又思想起她那個出生剛滿卅天就送給人家當童養媳的小女兒，女兒送去以後阿木婆整日以淚洗面，常聽別人說月子裏不要流淚，淚流多了很損身體。但只要一想起女兒，喉頭上就好像哽住石頭那樣難過，然後又是淚如雨下的不能自己。以後她天天都在想念著她唯一的女兒，一連生了五個兒子，她多想要個女兒呀！主張把孩子送人的是阿木婆的婆婆，重男輕女的觀念深深地固植在老一輩人的心裏，阿木婆無言抗辯。於是她工作的時候想她的女兒，吃飯的時候也想，睡覺的時候常常把棉被當女兒般的哄，阿木伯公看不過去，要她忍耐點，明年再生一個女娃娃，可是以後阿木婆一直都沒有再生育。

到了現在，當年送人家的女兒回來認親了，而阿木婆却不認得那是她的女兒了，女兒回門，只一味地把她當做外人，第一次回來認親時，阿木婆拉着女兒的手說：

「查某囝仔，妳怎麼生得這般漂亮，我以前少年時候也是跟妳一樣漂亮哩，妳從什麼地方來的，妳今天晚上就住我們這裏，沒關係，嗯，這是我兒子的家，妳住下來沒關係，沒人敢趕妳走。」

「阿母，我是阿好啦！我回來看妳啦！」女兒急得聲音都變了調。

「哦！我不認識妳咧，妳說妳是阿好，哦！阿好……」

阿木婆柱着拐杖一步步地走向客廳，留下怔怔站在那裏傷心垂淚的女兒，嘴裏只不住地說：

「我不認識妳咧，我不認識妳咧。」

阿木婆的「思想枝」停了，抱在懷裏的布娃娃斜斜地靠在沙發上，阿木婆一隻手緊緊的抓住娃娃的手生怕它跑掉似的，她微微張着嘴睡着了，只是沒有剛剛那般潑辣，綿綿密密的這場雨還有得下咧，村裏的人們都這麼說。

清海、清洲、清河、清圳、清池五兄弟集合在祖厝清海的家，他們就是在這裏出生長大的。下午的會議已經足足進行了約莫有兩個半小時了，可是仍然沒有獲得任何結果，五兄弟都臉紅脖子粗的堅持着自己的意見，沒有人願意做一些些的讓步，猶如做了些讓步之後將壞了天下的大勢似的。

清海夾在手指間的煙快要燒到指頭了，他也一無所覺，只專注於他們的爭論。

「老實說，阿母在我這裏，我是從來也沒有說過半句話，現在我會提出這個問題，是因爲前段時間我在擴場受傷時候才引起的，阿母每天吵着要到老大那兒去，吵得我都沒有辦法靜下心來養病，病中的人總是特別怕吵的。所以我才會發下狠來寫信要你們來，好參商一個結果。」清海說話的聲音宏亮，他要在座的每一個人都能夠聽見他說的話。

「清海，我也知道你的苦處啦！阿母在你這裏，老實講也住得慣慣的，要她老人家遷來搬去的，也不是辦法，而且我們都很忙哩，現在我那個大孫子又帶回來家裏住，你大嫂一天忙這忙那的，阿母去了那裏也沒有人照顧呢。」老大清洲解釋自己的苦衷。

「像我們做生意的最忙啦！清海你去過我們那兒你最清楚啦！我們那邊進進出出的人實在很多，阿母現在上了年紀，而且又是番番顚顚的，萬一得罪了顧客，現在的生意可是很難做哩。其實，我也老想着要接阿母去住一段時間，可是生意做下去總是抽不出空來。」老二家在樹林做生意，他也有他的道理。

「三兄，很早以前我就想到這個主意，只是沒有機會說出來，今天趁這個機會提出來參商參商。我想三兄這裏空氣最好，也比較清靜，就讓阿母留在這裏，阿母的生活費呢，就由我們四兄弟平均負擔，每個月寄錢給三兄，你看這樣好不好？」清圳看看大家徵詢他們的意思。

「我同意清圳的意見，我看就這麼辦罷……」

沒等清池的話說完，清海暴漲的青筋浮滿光頭的兩邊太陽穴上，憤怒使他說話的聲音高低不匀。

「好啦！好啦！明白你們的意思啦！不要找那麼多理由來欺騙我，你們不要養阿母就說一聲好了，理由一大堆，你們忙我就不忙，你們要賺錢，我就不要生活啦！你們都不拿錢回來我照樣能够養阿母，以前阿母在這裏你們誰拿錢回來過，阿母還不是照樣健健康康的。」

清海從來都沒有連續着說過那麼多話，廳裏靜悄悄的，每個人的頭都低垂着，清海的二女兒站在通往廚房的門檻上，她突然激動的說：

「阿媽也不是我阿爸一個人的，我阿爸也沒有義務一輩子養阿媽。」

「死查某鬼仔，還不死進去，大人的事不要妳插嘴。」清海大聲吆喝女兒，其他人愕愕然一時竟說不出話來。

「我看這樣好了，阿母辛苦養我們長大成人，現在年事也高了，長年住在清海這裏也不是辦法，就由我們兄弟五個每人輪流奉養阿母兩個月，五個人輪滿了再從頭開始，你們大家的意思怎麼樣？」清洲打破沉悶的空氣。

「那怎麼行？阿母去我們那裏，那我們的生意就免做啦！」老二清河首先提出反對意見。

「是啊，我們也沒人可以照顧阿母，這怎麼行呢？」清圳、清池同聲附合。

「那你們說好了，應該怎麼辦？是不是把老母丟掉了不要管，如果能這樣那更好，問題是；

清海他沒義務替我們奉養老母，阿母是我們大家的，每個人都有奉養的義務，現在我提出輪流奉養的建議，你們一個個反對，一個個推得遠遠地，那麼有更好的辦法你們提出來呀！」

衆兄弟都默默不語，誰也不想先開口，老大講的也不無道理，這個每人心裏都明白，可是大家都想省却這個麻煩，其實每個人的心裏還不都是有個共同的想法；就是讓母親留在清海這裏，可是剛剛老大講得很明白了，清海也有意將奉養老母的包袱拋了，這下任誰也不敢輕易地往自己身上攬這個麻煩。

「怎麼，你們說話呀！這樣耗下去不是辦法，今天總要說出一個結果才行。」

清海看他們如此爭執不休，離坐逕往後房走去，他走到母親的房間拉開門，母親睡得正熟，只是被子踢得老遠，他檢起被子小心的替母親蓋好，屋外的寒風咻咻不停，屋內的爭論依然未停，清海出去客廳，雙眼逼視着大家。

「好啦！好啦！老母統統由我一個人來養，這樣不就好了嗎？還有什麼好吵的。」

「清海，大家決定了，還是由每個兄弟輪流奉養較妥當，免得人家說長短。」清洲發言。

「下個月開始，由我先來，初一一到我就雇車來帶阿母回去。」清圳向清海說。

「你跟三嫂講，把阿母的換洗衣物準備好。」清圳補充了一句。

外面的風勢小了一點，雨仍然繼續落下，阿木婆的鼾聲由房間裏均匀地傳出來。

阿木婆來到清圳這裏大概有三、四天了，清圳家住都市，街道複雜，站在門口放眼望去，縱縱橫橫的街街巷巷看得阿木婆眼花潦亂。阿木婆想起住在山上的那段日子，那個地方已經住了四、五十年了，從來就沒有離開過一步。那裏空氣眞好，地方又大，不像這裏，好像鳥籠子一樣，一天到晚關在裏面，不生病也會悶出病來，山上的路只有一條，看你是要到山上還是去街仔都要走那條路。可是，這裏的路亂糟糟地東一條西一條，叫人不知走那條好，雖然來了好幾天，連大門都不敢走出一步，屋外的箱子吃人一般的「叭！」「叭！」亂叫，那種玩意也不知叫什麼？阿木婆問孫女，她們告訴她說那是車子，她還是搞不懂車子是幹什麼用的，怎麼以前從來都不曾看到過這種東西。孫女們告訴她，人坐在裏面不用走路就可以想到那裏就去那裏，她嚴詞訓誡她們，叫她們年青人不可以亂說話，天底下那有這等好事，頭上三尺有神明，飯可以多吃，話不能亂講，人生來兩腿就是要走路的，怎麼可以坐在箱子裏面，要到那裏就可以到那裏的。孫女們被她逗得哈哈大笑，阿木婆也不知道她們到底笑些什麼，也跟着她們張着嘴笑個不停。

阿木婆在山上祖厝生活慣了，活動的天地也較爲廣濶，那天想開了要到鄰居家走動走動也不碍事，因爲大家都是熟人。而這裏可就不同了，淸圳交待過這裏也不可以去那裏也不可以去，簡直似把手脚都綁著了那般難受，屋子外面又去不得，外面怪里怪氣的箱子跑過來跑過去的，怕都怕死了。每天都在擁擠的客廳跟房間之間來回走動，阿木婆無所事事，她又想起了她那可愛的娃娃，這次匆匆忙忙地被强制着來這裏，竟忘了把娃娃帶來。阿木婆在躭心她的布娃娃會不會遭人欺侮，她愁得發急，她想回去看娃娃，好幾次想偷偷跑回去，可是又不知道路是怎般走法，而且那些在路面上跑來跑去的箱子也怪嚇人的。

昨天晚上聽孫女們講回祖厝要搭火車，而且還要轉車哩，那可眞麻煩，不過不回去又不行，放着祖厝沒人管也不行，還有那些鄰居都好久沒去走動了，當然最重要的還是可愛的娃娃，天氣這麼冷，不知道有誰替她加添衣裳沒有？

阿木婆吊掛在心頭的瑣事很多，一時也想不完，阿木婆又開始哼唱那首已經很久不曾唱了的「思想枝」，於是她在內心裏做了最後的決定；她決定明天早晨趁大家都不在的時候偷偷地溜出去，然後到車站搭火車回祖厝，她實在放心不下那邊的事情。

一大早阿木婆就醒了過來，但爲了不讓淸圳他們發現破綻，她還是躺在床上，一切計劃都已胸有成竹，她放心的傾耳細聽他們的動向。一陣忙亂的脚步聲過後，屋裏恢復原來的寧靜，阿木婆輕手輕脚地由床上爬起，先探頭看了看今天的天氣，還好沒有下雨的跡象，雖然天空陰沉沉地，但這却是出門最好的天氣，不必帶陽傘，也不會晒得人頭昏眼花。

阿木婆按照原來的計劃一步一步地進行，她先到廚房看看確實無人在，然後開了後門，在廚房的後壁拿出她昨天預藏的一枝有半個人高的竹竿，她可以拿它當拐杖，在城市裏要找一根竹竿也眞不容易，昨天費了不少勁才找到這枝大小適合的，昨兒晚上一夜裏沒睡好覺，逕想着今天要靠它走路的竹竿不知會不會讓人拿走，現在可放心地舒了一口氣。

將準備好的包袱挽在腕間，阿木婆小心翼翼的跨出回祖厝的第一步，回過頭她隨手關上門。

「住這裏眞不習慣哪。」她喃喃地自言自語，火車站應該是第一個要去的地方，她想。

日頭悄悄露出半張臉，立刻又縮了回去，天仍舊是陰陰的。阿木婆儘量找沒人的地方走，旁邊「呼」「呼」怪叫的箱子一個接着一個，等到看清楚了，它已經跑到好遠好遠的地方去了。這個大城市裏什麼奇妙的事情都有，自己活了那麼大把年紀眞還沒見識過世上還有此種怪物哩！阿木婆停下來揩揩額頭，沒有汗，不過却好像濕轆轆的，一路上絲毫風也沒有，眞是令人頭大的天氣。

還是要走下去，目標是車站，阿木婆只一味地躭心她的娃娃，無論如何這趟得成功順利地回到祖厝。她看見遠遠地有一個人向自己走來，連忙向左邊閃開，一隻箱子「呼——」的一聲險些撞上來，她又連忙地靠向右邊幾乎又撞上迎面而來的路人。

這地方處處是陷阱。阿木婆心裏大概有了盤算，這趟要想平安的到達火車站可也眞不容易哩！可是不到火車站就永遠回不了祖厝，不回到祖厝去，那娃娃一定會遭到別人的欺侮。阿木婆挺起胸膛拐杖扛在肩上包袱掛在拐杖上，她逢人就問：「火車站在那裏？」

雙脚已經走了不少路了，可是怎麼樣也無法找到人家告訴她的火車站的地點，她只看到高高挿在雲天的一排一排的東西，她弄不明白那究竟是什麼怪物，以前曾聽人說過太古時代有火龍，個子很高，大概總有眼前這怪物一般高罷，又聽說火龍會噴火，而這怪物不會，而且那也是很古早很古早以前的故事，說故事的阿三伯也已經做古多年了，不然也可以叫他來印證印證，這一趟來城裏可眞够眼福，什麼新鮮古怪的事全讓我碰上了，阿木婆得意的會心一笑。

剛剛那個人叫我往右面走，右面大概是這邊罷？阿木婆看着雙手比了比，右邊根本都無路可走嘛！路對過處有一盞電燈在一閃一閃亮着，那些箱子們一點也不停下來的從眼前跑過去。阿木婆右脚剛剛要踏出去，又是一陣「呼——」風差點吹散了早晨起床時剛梳好的髮髻，那箱子一個比一個還快，阿木婆這下子可慌了手脚，忽然背後有一隻手輕輕地挽着阿木婆的手臂，一個女孩子伸出一隻手向旁邊比了比，然後慢慢地牽着她走過劃着一條條白線的路。阿木婆無限感激地望着她，不住的搖頭愰腦，今天要不是這個女孩子，自己在那邊站一天也無法走過來哩。

「多謝呵！查某囝仔，多謝啦！妳有這麼好的心腸以後一定會嫁個好尫啦！查某囝仔多謝啦！多謝。」阿木婆彎着腰，卸下竹竿上吊着的包袱摸索着，想要找出一樣東西來酬謝這位好心的女孩，摸了好一會兒什麼也沒摸出來，她不好意思地笑笑，女孩已經走遠了。

年紀大了眞不中用，只走了那麼一點路就受不了，以前少年時候那裏是這般景像，一天上山砍柴好幾回，走的是山徑，有的路還是自己找出來的哪！阿木婆回想起少年時候勇健的往事，竹竿上的包袱換成挽在手臂間，雙脚疲累得需要拐杖來支持。老了不中用，眞是不中用。她尖聲的笑着，不過還有勇氣留在這個世上看光景，這精神也實在可嘉哩！不像那個死老伴，一下子就躲到土堆裏去，連臉也不露一露。阿木婆竟然想起老伴來，如果老伴還在，火車站可能就不會這麼難找了罷？阿木婆看着遠天的烏雲，大概又要落雨了，阿木婆的拐杖點得地上「喀——」

「喀——」響。

這些城裏人可眞奇怪，一個個見了面好像仇人一樣，大家都苦着臉一點笑容也沒有，我們鄉下人哪會這樣，見了面總是親哈哈的，不是打招呼，就是問長問短的，想不通這些城裏人。

阿木婆看着過路人，想到淸圳那附近的鄰居也一樣，每家每戶都把門關得死死的，好像大白天也有小偷一樣。不過，他們似乎也過得很快樂，日子只要過得快樂就好了，其他就不要太認眞計較啦！

車站究竟有多遠？阿木婆一條街轉過一條街，甚至於小巷子也走遍了，可是就找不到車站的影子，問問人家總是說就在附近，城裏人的附近怎麼這般遠哪?!走累了坐下來休息，阿木婆卸下扛在肩頭的包袱，人來人往的在她眼前穿梭，看得她老眼都昏花了。

「這些查某囝仔怎麼都穿一些演歌仔戲穿的衣服呢？寬寬鬆鬆的，冬天不曉得多穿衣服，還穿露出膝蓋的長衫哩。」

阿木婆喃喃數說，莫名的看着自己穿的衣裳。一對男女手挽手親熱地走過，男的繞過左手把女的腰肢緊緊圈住，這些全看在阿木婆眼裏，她突然從石椅上跳起來叫住男的。

「喂！喂！少年仔，怎樣可以在大街上欺侮查某囝仔，趕快把你的手拿開，不然我要報警察來抓你了。」

「誰欺侮查某囝仔啦！妳這老太婆怎麼這樣胡說八道。」男的有點冒火。

「你呀，還有誰，惡人先告狀，少年人做事要負責任。查某囝仔不要怕，有我阿木婆在，他不敢對妳怎麼樣。」

路過的行人紛紛拋下莫名其妙的眼光，阿木婆理直氣壯的站在路中央，硬是拉着那個男的不放，人愈圍愈多了，阿木婆更加放心的以爲自己有理。

「不要理她，她有神經病。」女的拉着男的手，兩個人摟摟抱抱的消失在人羣裏。

阿木婆搞不懂到底是怎麼回事，圍着看熱鬧的人散開了，有的人投以同情的眼光，有的人交頭接耳的：

「眞是可憐的老人。」

今天可眞不如意哪！早上出門天氣陰沉沉地就知道今天在走歹運，火車站找不到沒關係，却老是碰到一些奇奇怪怪的事。阿木婆愈是想起早上發生過的瑣瑣碎碎，就愈是心急，到底什麼時候到得了火車站？

早晨起床時因爲躲着淸圳一家人，連尿急也沒時間處理，經過一上午的折騰之後，現在竟覺得受不了。可是舉目所及見不到可以小解的地方，帶着一大袋尿水走路挺不方便的。阿木婆四處張望，附近有一處籬笆圍着的空地，她提起包袱急急地往裏邊跑，偶而有一兩個路人，但只顧低頭講話，沒有人發現她的舉動，她蹲下去頓時全身舒暢好似消風的氣球。而正當她站起來準備穿上褲子時，一個警員探頭進來，阿木婆嚇得直打哆嗦，怎麼好端端地會竄出警員來。這下子怎麼辦呢！雙脚不聽使喚的亂抖個不停，警員一動不動的站在籬笆外面。

「警察大人，我不是賊啊！我進來只是……只是……」阿木婆爲自己辯白。

「沒關係啦！老阿婆，您一個人要去哪裏啊？」警員聽懂臺語，但不會講，只得用國語發話，一半句使用臺語，使語音更爲混雜難懂。

「我不是來抓螺ㄌㄟˊ（蝸牛）的啦。」哪裏她聽做臺語發音的蝸牛。

「不是，不是，我不是這個意思啦。」警員比手劃脚，任他如何解釋，阿木婆還是不明白他的意思。

最後，阿木婆被請回派出所，先前哪位警員請了一位省籍警員來處理這件棘手的案件，彼此才算講通了。可是阿木婆對自己的去處仍然是一問三不知，只知道這一趟去的是火車站，到底要坐火車到什麼地方她也不知道。派出所的警員只好坐等她的家人尋找了。

淸圳這邊發現八十七歲的老母親不見踪影之後，大家急得團團轉，問遍了左右鄰舍，都說沒注意她什麼時候出去的。他們一方面在附近街路上尋找，一方面回祖厝去看看阿木婆是不是住不慣都市生活而偷偷跑回山上祖厝去了。隔了兩天仍然沒有消息，去祖厝那邊的人也回來了，說沒有看見她回去過，阿木婆五個兒子都聚攏在淸圳家，大家像熱鍋上的螞蟻。

終於在警方人員，鍥而不捨的努力下把阿木婆送回淸圳家。任誰也不會想到這兩天來她是躲在派出所裏，而派出所就在淸圳家隔幾條街的地方。阿木婆回來了，她很快地在淸圳家已住滿了兩個月，兄弟們又集在一起討論她下兩個月的去處。

阿木婆整理好行裝之後，下一站就是老五清池的家了，她也莫名其妙怎麼老是被帶去不同於祖厝的地方住，而且一住下來就是好久好久。無論時間有多長，自已總是住不慣那種地方，而自從上次遇到麻煩事之後阿木婆不敢再隨隨便便的想到要去火車站搭火車回祖厝的事了。

清池在一所國民小學裏當老師，每天早出晚歸的，清池的妻子在鎮公所裏上班，也不能守在家裏，白天小孩們上學去了，阿木婆就一個人冷清清地留在家裏看住家門。

這裏的環境有點像祖厝那邊的環境，出門望出去可以看見山，但山在很遠的地方。阿木婆想起老伴就住在山上，已經好幾十年了，一堆土堆，很簡單的建築，也不知道這個老傢伙怎麼這般儉省。老伴臨走時候交待的那些話也沒有忘記：

「欠什麼？缺什麼？儘管跟兒子們開口，我不在妳身邊！兒子們會照顧妳，什麼事情都不要管，妳只管吃飯睡覺。」

老伴眞有勇氣，也眞狠下心哪！拋掉我這個老太婆就一個人享清福去了。

阿木婆思想起老伴，老伴的臉容模模糊糊的，幾乎在記憶裏消失了，怎麼今天又撿起來，像三千年的老狗屎一樣。不想也不行呵！時間那麼長不找些事來想想也眞難過哩！

晚上清池回來，阿木婆竟吵鬧着要到山上找老伴去，清池苦言相勸，清池的老婆在旁邊更是好話說盡了，她只顧一味番到底。

「你到底是誰呀！怎麼我說的話你都聽不懂，我說我要到山上去找我那個老伴，你到底聽清楚了沒有？」

「阿母，我是您的兒子清池啦！您的屘子清池啦。我阿爸已經過身好幾十年了，您怎麼突然想到要去找他呢？這是沒辦法辦到的事，阿母。」

「你是我的兒子，我怎麼不知道你是我的屘子，眞的呀?!」她望望媳婦。

媳婦點點頭不言語，她一時得不到答案，只自顧自喃喃：

「唉！我怎麼沒聽人提起過，這些人也眞是，什麼事也不跟我說，如果老伴在就好了。」

阿木婆躺在床上翻來覆去就是睡不入眠，也不知道自己什麼時候才可以跟老伴一樣住到山上的小土堆裏邊去，雖然那邊遠了一點，但總比較淸靜。不過，老伴也眞是命苦，以前相命仙說他沒有福氣，果眞是如此，像上次在城裏碰到的那些事，老伴不要說看，恐怕連想也不敢想哩！這就是我比他有福氣的地方，阿木婆的思想天地般的廣濶，她又哼起她的「思想枝」，有好久不曾唱它了。在祖厝那邊的時候她拿它當做布娃娃的催眠曲，可是小娃娃現在不在，可以不用唱它了，睡吧！「思想枝」留着等回祖厝的時候再唱給娃娃聽。

清池一家人爲了防止上次阿木婆在清圳家的事件重演，臨出門時把門上了鎖，中午時候清池的老婆回家來看望一次，同時侍候阿木婆吃午飯，然後趕着去上下午班。阿木婆被反鎖在裏邊倒還相安無事，在一方斗室裏走累了，就坐下來休息，清池一家人更放心於目前這種方式，一來可以省去很多麻煩，二來更可以放心的上班，再也沒有比這個辦法更貼切的了。

這一天下午，阿木婆由睡夢中淸醒，與往常一樣，門仍然被鎖得死死的，窗戶開着，但鐵窗緊緊地包圍住每扇窗戶。她突然心血來潮的想要做點什麼事，很久以來她就一直要有所表現，只是苦無機會。能够做些什麼呢？阿木婆四處巡視着，自己眞是一點忙都幫不上哩！這屋裏的大大小小事情好像經過安排都做得井井有條，而只要自己輕輕動一下，一切就會顯得雜亂無章。

替他們煮一餐飯罷。

阿木婆想到一個好主意，每天晚上看到他們那種慌慌張張在煮飯的樣子就於心不忍，如果能够爲他們煮一頓飯，讓他們回來的時候能够很舒服的吃一頓飯，他們一定會非常非常的高與。這麼容易的事，我阿木婆一定能够辦到，年輕時候有那頓飯不是我煮的？

阿木婆決定讓他們驚喜一下，她在米缸裏把米量好，淘乾淨後放在瓦斯爐的架子上。她到處在找能够起火的木柴，這些人眞會藏東西哩，到處找都找不到，她正奇怪這種灶坑離鍋子這麼近怎麼能够燒柴火煮飯。她發現旁邊有一大堆舊報紙，她想這些東西大概是用來起火的罷，找來了火柴，她點燃了第一根，報紙引燃了火焰，迅速的焚燒了起來，阿木婆拿在手上的那一端眼看就要燒着了，她趕緊伸入鍋子底下，再拿起另外一張紙，她這樣繼續着，紙張一張張減少了，還是沒看見鍋子中的水冒煙。這裏煮一頓飯可眞難哩！火舌很快的蔓延到阿木婆的手，她急速地伸回手，一團燃燒着的火苗掉了下來，正好落在舊報紙上面。

火迅速的在舊報紙堆中肆無忌憚的狂飛亂舞，阿木婆看得呆了，竟不知道已經發生了嚴重的事情。

可以燃燒的東西都沒有逃過火焰的利舌，阿木婆受不住高溫度的煎熬，她退向客廳，她想推開門，但門被緊緊地鎖住，任她使盡力氣也無法打開。溫度在屋裏逐漸的昇高，她想喊外面的人，但發出的聲音竟弱不成聲。火焰窮追不捨地寸寸進逼，阿木婆在慌亂中被椅子絆住了，整個人摔倒在地上一時之間爬不起來，她發現衣服上也起火了，她猛力地撲打着剛剛點燃的火苗。可是愈是拍打，火勢愈是無法控制，煙霧一陣濃似一陣，阿木婆聽見外面一片嘈雜聲，其他的再也想不起來了。

一九八〇・七月

斷指

從上了這班K市開出的末班夜快車起，黑點就一直保持這個姿勢，看着窗外飛逝的夜景，思維如亂麻一樣煩雜的糾纏着他。直覺地意識到自己好像與這個世界隔絕了好幾個世紀般那麼久遠，他望望剛剛卸下紗布包裹的右手，五個指頭齊齊斷了根，新癒的創口隱隱透露絲絲血紅，皮膚表層還不十分復原。卽使皮膚恢復了原來的模樣，而心裏那塊沉痛的傷疤恐怕這輩子永遠都無法痊癒了。

車廂的角落裏，有四個學生模樣的年輕人座椅相對的在玩牌，遠遠地黑點看不清楚他們玩的是什麼牌，雖然只是不經意的一瞥，他却由頭至脚地引發了巨大的震顫。他再望望右手，一股寒意不由冉冉昇起，這隻手就是毀在牌桌上的，毀了的不僅僅只是這隻右手，他深深摯愛着的妻子也由於他的嗜賭成性，於苦口婆心的勸導無效之後，竟以死相諫。

明天，明天就是他的愛妻週年忌辰，而此刻他端的是一顆赤忱地心，還有下定決心戒賭之後的右手，他要乘坐這班K市開的晚班車，千里迢迢的去向他的愛妻懺悔。如果悔悟眞能够贖回一生的罪過，他願一輩子長跪妻子的墳前，以示自己回頭的眞誠。

關於妻子的死，這輩子恐怕再也無法彌補由於自己的過錯，而造成的重大創傷。甚至於有一個比內疚還要深重的陰影，總是纏繞着他久久拂拭不去，他想若果能够因爲陰影的存在，而減輕自己的罪過，他寧可長此背負這個陰影，否則他眞不知在往後的歲月裏該如何自處。

他仍然保持原來的姿勢，車窗外的夜景在車聲嚨嚨中往後退縮，往事幕幕如遙遙飛逝的燈火，在他心幕裏不住的湧現，雖然他極度恐懼回憶，但只要靜下來往事竟如夢魘那般死死纏住他。

「黑點，你到底會不會玩嘛！」在陰濕晦暗的防空洞裏，一羣人靠着一支蠟燭的光亮聚精會神地瞇着眼看自己手上的牌。

第一次上這兒來，要不是小三死拉活拉的拉自己來，自己也不願窩到這種烏煙瘴氣的鬼地方來。嘿！小三竟然還鬼吼鬼叫起來，小三是玩家，當然他玩得快，其他的人可是第一次碰面哪！聽說他們都是小三的哥兒們。

以後跟他們混熟了，黑點也跟着小三和他們稱兄道弟起來，對於玩牌這玩意兒也不再含糊了，而且牌技也日益精進，什麼天九牌、梭哈、麻將、吆三六都上場了。

玩得最瘋的時節，曾經十幾天不歸家，贏錢的時候口袋鼓得滿滿地，愛上那兒就上那兒，家裏人各忙各的事業，也沒人肯花費時間精力管束他。輸了錢口袋像洩了氣的氣球，在走投無路之下，又沒有翻本的本兒，這時候就會想到家。而母親正是他榨取錢的對象，每次回家，看見客廳裏威嚴的父親，總是不敢跟他打照面，偷偷摸摸地從後門溜進去，錢就如此順利的弄到手。之後，又是一連數天的不歸家。

日子過得雖然荒唐，可也有羅曼蒂克的愛情生活，他的妻子伊娃，就在這種浪漫的氣氛裏闖進他的生活圈。

旁坐什麼時候換了一位女孩，大概又過了好幾站了，時間在回憶裏眞也不多停留片刻的，黑點正襟危坐的不敢稍稍蠢動。且有意無意地挪動右手，下意識地藏進夾克的口袋裏，十二月的天氣，而他仍然覺得全身一陣躁熱，耳朶怕也齊根紅透了罷。

一種女人特有的體香使得他的嗅覺更加敏銳，自從伊娃離他而去後，他一直沒有接觸過其他女人，此刻却有股衝動在他生理上莽撞着。

女孩微閉雙眼，抿緊的嘴唇成一彎冷月，伊娃生氣的時候也是這個樣子。有一次爲了逗她發笑，想盡了方法，她仍然抿着一彎冷月，伊娃不笑的時候倒也不難看。

跟她認識也是一種機緣，就像現在與這個素不相識的女孩同坐一般，只是那時候彼此都在不斷地挖掘話題。

「小姐，請問妳到什麼地方?」

打開話匣子，却不知該怎麼接下去，當然在這之前並不是沒有跟其他異性講過話，但像如此陌生的女孩還是第一次哩。

「臺北。」

她的鎮靜倒使得他變得不安，片刻的沉默，使得他搜盡枯腸，一時也想不出該如何繼續未完的話題。

之後，大概彼此也還聊了一些，臨別下車各自留下住址。從此魚雁往返，兩顆年輕的心就這樣緊密的結合在一起，這段火車姻緣也不時在他或她的友朋中互相傳誦。服完兵役回來，雙方論及婚嫁，很快的成爲佳偶，有了家，他的心也確曾落實了一陣。畢竟；家就是一個責任，一付重擔哪!但，他仍然沒有忘記牌桌上的歲月，安定快樂的日子也由於他的重返牌桌而消逝。

賭得最狂濫的時候該是那段伊娃懷有身孕的日子，瘋狂得連家也不回了，幾天來都守在那方擁擠且空氣汚濁的小屋裏，頭上頂着一盞昏黃的小燈泡。

一連數天數夜的狂賭濫賭，使他整個人都變了形，伊娃找上門去時，差一點都認不出那一個是自己的丈夫。

回家的路上伊娃哭泣地哀求着他，求他千萬要戒了這個賭，挺着個大肚子，在寒風瑟瑟的夜晚，一個不小心竟跌了一跤。

而，伊娃就在他痛下決心，回頭是岸的時候，流產了；嚴重的營養不良，最大的因素還是跌了那一跤。待他了悟一切過錯都是自己鑄成的之後，內疚也只束縛了他短短的一段時日而已。

失去伊娃，對他的打擊就像航行大海的船隻失去舵一樣，多年來伊娃在他心中的地位，甚至於遠遠超過了他的母親，雖然自己一直都在沉淪墮落，同時更不斷對伊娃施加精神虐待，可是一旦失去她，其懊喪悔恨更千百倍於常人。

捧着遺書的手在發抖，心在淌血，他實在沒有勇氣看下去，白紙黑字上盡是星星閃閃的一片模糊，腦中的空白一如幼兒初生期那般一無所有，想想自己若果能够回復到原始的最初，那該有多好，一切都可以從頭做起，而現在自悟自省是否已經太遲？

旁坐的女孩什麼時候下車了？黑點竟一無所覺，回憶令他深深陷入悲痛中，火車愈接近目的地，他的心愈是忐忑難安。

那四名學生模樣的年輕人似乎有用之不盡的體力，藉車上的照明燈光，他們仍聚精會神地玩他們的牌。其實只要不深陷於賭陣而不能自拔，這種牌戲也確是最好的消磨時間的方式。

當初自己陷入賭陣時的年紀與這些年輕人相仿，大學沒考上，又不敢面對母親每天愁眉苦臉的責罵。考不上大學心裏本來就窩囊透頂了，還要承受來自父母親的壓力，以及兄姊們異樣的眼光，他們都是國內公立大學的高材生，自己與他們相形之下眞是天壤之別。在這重重的壓逼下，使得他更加深了自卑的心裏，時時都想着如何逃避他們。

父母親望子成龍心切，雖明知自己的兒子不是塊讀書的料，却也固執地要他來年重考。在這漫漫的一年裏，他就這樣被送進補習班。

既然不是讀書的料，補習班也難拘束他放蕩不專的心，人雖坐在課室裏，心早已飛出高樓大厦之外，隨着大都市的繁華在沉浮。

這個時候阿三闖進他枯燥的生活領域中，阿三也是補習班的一員，兩個人臭氣相投，很快便湊在一起，對於阿三的玩勁，他眞佩服得五體投地。

有一次，也是在北上的夜快車上，爲了打發時間，他和阿三兩個人，另外湊足了兩個同車的年輕人，就這樣擺起了龍門陣，從來都沒有玩過牌，拿牌的手不住的抖動。還好那只是消磨時間的遊戲，那以後就再也沒有沾過牌，這段時間一直維持了好久。

那時候年齡也不過十七八歲，身體壯得像條牛似的，整夜不眠也不覺疲累，下了臺北車站，小三還直嚷着要到保齡球館打球哩。好漢不提當年勇，但想起以前的種種，總也有沾沾自喜的光采。

這輛奔馳於夜的原野上的火車，馱載許多命運殊異的旅客們，讓他們都能够平安的抵達目的地。從踏上這節車廂開始，黑點內心中就萬分虔敬地祝禱着；火車能够平安將他送達目的地。他之所以選擇這班夜行快車，無非是希望在黎明來臨前的這段漫長黑夜裏，有充裕的時間讓他回想過去的種種。

黑點伸出藏在夾克口袋中失去手指的右手，血淋淋的一幕像針那般銳利的刺疼他的記憶：

在牌桌上接到惡耗的他，跌跌撞撞地衝進太平間，嚎啕痛哭的岳母看見他奔進來，也顧不得失女之痛，恨恨的用手指猛戳他的額頭，同時厲聲責罵：

「你這死沒良心的東西，你的心是不是被狗吃掉了，我的女兒被你害死了，你可稱心如意啦！」

話聲未落先就涕泗縱橫的再次嚎哭起來，站在一旁的伊娃的妹妹勸着母親，從伊娃斷氣後，她就一直沒有停止過哭泣。

岳母的責罵這時候在他內心深處是一記當頭棒，敲醒了他懵懂已久的心靈。此刻他唯一的念頭；不是擁抱伊娃的身體痛哭一場，畢竟那無補於事，也不是說些悔恨的話。如今再怎麼懺悔，再怎麼請求伊娃原諒，再怎麼說要改過自新，伊娃一句話也聽不見了。

他望着妻子平靜的軀體，他似乎看見了平日一顆善良的心仍然在跳動，而那一雙靈慧的眼睛却緊緊地閉上了，永遠地不再睜開來看看這個世界，看看已經悔悟了的他的表情。

怎麼樣痛下決心戒賭呢？卽使現在再講得如何天花亂墜，如何有信心有決心，使得自己今後絕不再上牌桌，恐怕再也沒有一個人肯相信自己了。以行動來表白自己的決心罷，不能靠時間來證明一切了，那樣不祇是別人不相信，恐怕連自己也沒有信心接受時間的考驗哪。

於是；在送走伊娃的那天晚上，他表現了徹底悔悟的大決心。這些日子來，他深自體悟到，主使他做惡的是他那顆不太澄明的心，而協助他做惡狂賭濫賭的，却是這雙手。要想使自己根除腐敗的劣習，只有懲治這雙手，沒有了這雙手，卽使心靈再如何邪惡，也無濟於事。

拿着刀的手在發抖，面對如此痛苦的抉擇，他的內心却出奇的平靜。遠遠地他似乎看見伊娃向他走來，他看見了伊娃的臉，她的臉上絲毫沒有怨尤，看來她是完全原諒他的過錯了。伊娃愈是寬待他，他愈是良心難安，面對伊娃，他苦苦哀求的請她寬宥自己。

「伊娃，原諒我。我賭咒我發誓，今生今世再也不上牌桌，妳能原諒我嗎？伊娃，伊娃。這回我是眞心要改過了，我絕不會再讓妳失望，再相信我一次。伊娃……」

血，像噴洒的水柱，眼前盡是一片紅，在一陣嘈嚷的喧鬧聲中他失去知覺。待醒轉過來，自己竟躺在四週一片白的病床上，睜開眼那滿地的鮮紅仍然在腦海裏不住的浮沉。

躺在醫院裏，前塵往事不住地在他心裏翻滾，過去的可以讓它過去，但妻子的形像今生今世無論如何再也無法在他心幕消逝，爲了自己的一失足，爲了自己執迷不悟的行爲，竟犧牲了她珍貴的性命，懺悔並不能贖回他所造成的罪過。

而前程展現在他面前的雖未見坦蕩，許是妻子冥冥中的引領，却讓他激起無數希望的浪花。

失去了右手的五隻指頭，心裏倒覺得踏實了許多，這層意義；並不完全在於他剁去了這隻執紙牌的右手，或者這也可以說是決心的表現。對於未來，他更深具信心，更因而了解今後自己該怎麼做，才不致辜負伊娃的一番苦心，以慰她在天之靈。

天色，在夜行快車的急馳中朦朧亮了，晨霧隔絕了車窗外的視界。黑點伸直綣縮在坐椅上的身體，掀開覆蓋在身上的夾克，伸出還不十分復原的右手，痛楚仍隱隱約約地侵噬着他。

那四名學生模樣的年輕人收拾了紙牌，每個人的臉上都因整夜不眠而泛起一絲倦容，這場牌戲也隨着列車的進站而告結束。

天明了，東方現出一絲曙光，黑點用左手取下行李架上的包包，右手竟感覺微微的痲木。下了車第一件事；就是找一家金香舖子，然後買一束鮮花。

陽光由月臺的頂蓬間篩落朶朶光芒，黑點拎着只裝一些換洗衣物的包包，踩着一地陽光走出車站。他相信這一次伊娃一定能夠原諒自己，也一定會給他勇氣，給他一次懺悔的機會，讓他走向如陽光那般燦爛的遠景。

一九七九・十二月

野宴

妻　篇

出了巷口，柏油路面在七月大太陽的煎熬下熱浪一波波的往上沖，梅里撑着的一把陽傘爲她保留了一方陰凉，還是承受不住熱浪的侵襲。十二點剛過，街路上有冷氣的人家都關門閉戶的，呼呼的熱氣往外排送，直吹得過路的人難受。

昨天和韋恩說好了；幾乎是從爭執中達到妥協的，從週一到週五每天十二點到三點要到服飾設計補習班上課，這也是臨時想出來的主意。週六和週日伯康要回去臺北的家，總不能連他太太的時間也給人家佔了，如果是這樣，對韋恩也交待不過去。

伯康的辦公室，就在前邊太平洋大厦的九樓，梅里之所以捨坐車而走路，是因爲家離大厦很近，而碰巧那裏邊有一個服飾設計公司，如此一來這天大的謊言就說得天衣無縫了。

認識伯康，是在一次北上的列車裏，隔壁坐着一位體面的男士，看上去就知道是一個很有內涵的紳士。

「小姐，請問那個茶杯是妳的。」男士禮貌的問話驚動了她，尤其是那一聲清晰的「小姐」。

「哦沒關係，我還沒有開始用。」

話匣子一經打開，就像水庫洩了洪，男士健朗的談吐聽在耳中打心眼裏服了他。男士走過很多地方，他說是學藝術的，同時也講了很多國家的不同風土人情，從來就沒有聽過這麼豐富的談話，即使與韋恩結婚快十年了，韋恩也到過很多地方，可是他就從來都不會說這些給她聽。下了車兩人互道再見，同時留下對方連絡處，只算一段過眼雲煙罷，回到家，她已記不清他的容貌。

過不幾天，他來了電話，約了見面的時間地點，於是冗長的約會開始了，起先只當是普通朋友之約，根本都沒有絲毫的罪惡感，後來一經發現對方竟深深地愛上自己時，一切悔恨已晚，一切聽其自然罷，他說。而這秘密一直被延續到今天。

輕輕敲開古銅色的大門，習慣性的旋開門鈕，這動作她不知做過多少遍了，而每次總會有遲疑的感覺，最後還是受不住屋裏的誘惑進去了。

伯康坐在椅子上的身子幾乎躺成水平，巨型辦公桌上的兩杯咖啡正冒着熱氣，他事無鉅細總是設想得如此週到，而韋恩從來都是粗枝大葉的，凡事馬虎過去就算了。伯康的藝術精神濃重的灌輸到日常生活裏來，兩相比照之下，韋恩的平實却顯得呆板與遲滯。

「梅里，今天遲到了卅秒。」伯康的旋轉椅對正梅里笑著指指腕間的手錶。

「你不像藝術家，倒像個科學家。」

梅里整個身子陷在沙發上，伯康端起咖啡坐了過來。

「今天的咖啡苦了點。」

「苦咖啡提神醒腦。」

「眞會開玩笑。」

「不是嗎？有時候我們眞的也該清醒清醒。」

「不懂妳話裏的意思。」

「現在不懂，以後就會懂了……」梅里端起咖啡看了一眼伯康，那眼神使她欲言又止，那眼神也似乎有一股強大的吸引力緊緊吸引住她，使她沉迷其中不能自拔。

「梅里，談談其他的好嗎？」

「談些什麼呢？」

伯康起身在壁間的飾架上拿起斷臂的維納斯，撫摸着維納斯斷臂的傷痕。

「談談未來，妳的，我的，我們的。」伯康的語音似乎有點困難，但他還是說出來了。

「伯康，我們有了現在，你還想怎麼樣呢？」

「難道妳滿足於現狀嗎？」伯康放下手中的塑像，去問梅里。

「……」

梅里一陣沉默，她一直努力抗拒勢必到來的惱人的後果。但這一切似乎在最初即已註定，註定了所有後果的承擔不管是伯康或者是她自己，任何一方都不可能有能力擔待。而伯康却老是那麼有信心的認爲，他可以解決一切困難，甚至於使所有目前所發生的在別人眼裏是罪惡的事情，化爲美好藝術的結晶。如果早十年認識伯康，如果歲月再倒流十年，她常常這樣思想着美好的假設。

「爲什麼不說話？」伯康審判官一樣的詢問，使她不得不要面對這一殘酷的事實。

「要我說什麼呢？對於我們現在的所作所爲，再好的理由也是多餘的，不是嗎？」當然，這不是她心中想要說的話。

「他不知道我們之間的事，我是說他有沒有起什麼疑心？」

「沒有，不過最近他跟我說話的眼神總是跳動不定。總之，我們之間好似沒有坦誠可言。」

這到底是誰的錯，梅里的眉頭緊縮成一堆，就像小時候做錯事怕被家人責罰那般的恐懼，雖然有很堂皇的理由來掩飾自己的罪行，但傳統的道德觀念在她受過高等教育的思想裏一直沒有褪化。而也正巧是受過高等教育的思想，促使她勇於面對已經發生的一切，這是一個矛盾的結，這個結沒有人解得開，解鈴還得繫鈴人罷。可是如今繫鈴的另一方却一點也沒有解鈴的意思，她一時也分不清這到底是誰的錯，將一切推給不能言語的造物，那又豈是公平之舉。

「梅里，下一季我在巴黎開個展，我想帶妳出去走走。」

「你帶我去，那你怎麼向她交待？」

「很早我們就說好了，這一次巴黎個展我一個人去。」

「韋恩他不會答應我遠行，尤其我一個人。」

「儘量爭取嘛！妳就說參加旅行社的旅行團去的。」

「他會相信嗎？」

「試試看罷，說不定他會答應。」

韋恩絕對不會答應她自己一個人遠行的，上次因爲上一趟臺北，差點起了嚴重的衝突，雖然後來他還是妥協了，但那氣氛總是有點不對勁。能够利用這次伯康邀請的機會到外面走走，委實是不易求得的機會，如果要靠韋恩帶自己出去一趟，那簡直比登天還困難。明明知道這是不可能的事，但梅里內心還是存在一點希望。

「這事下次再談罷，反正距離你開個展的時間還長哩！」

「好罷！總之；我希望妳能與我同行。」伯康做出一付無可奈何的表情。

梅里環視週遭這一切她熟悉的佈置，辦公室中的裝潢設計顏色的調配圖畫的擺置，無一不是出自伯康之手，簡單中帶着莊嚴，置身其中給人一種詳和肅靜的感受。壁間新添了兩幅女體的畫像，據伯康說這是新近完成的作品，這樣一來使得整個空間的陳設幾乎被女體佔據了，任何人只要走進這個房間，立刻會被一股浪漫氣息所淹沒。

連着浴室的左側有一間臥室，是伯康休息的處所，裏面的佈置更是羅曼蒂克，處處引人遐思，正對進門的牆壁上連着單人床的地方嵌着一面明鏡，鏡面若隱若現的繪畫一幅全裸的女體，每次梅里上完洗手間出來總要有意無意的往裏探視一眼，而回過頭來看見伯康那付似笑非笑的臉容，心跳就像千萬隻小鹿一樣，「碰」「碰」地加快。

跟往常一般，梅里進了洗手間，看看腕間的手錶，也該是回去的時候了。推開門伯康正面對着梅里，她略微吃了一驚，由於彼此靠得這般近，梅里似已嗅着他的鼻息，雖然見面的次數正指數上昇，但那也只限於仁人君子的對面談話而已。或許說了人家也不會相信，孤男寡女同處一室，會做得出什麼好事來，而偏偏他們就有如此奇特的定力。伯康的風度與道德修養，使梅里在全無設防的情形下與他日愈接近，在這裏她獲致最大的安全保障，甚至於每晚受到丈夫的騷擾，在這裏也可以暫時得到平衡，因此，每天中午的約會，竟成爲她日常生活的盼望與期待。

伯康伸出雙手緊緊摳着梅里的雙肩，梅里週身竟突然起了莫大的一股震撼，除了丈夫之外，第一次如此親近異性的肌膚。與伯康之交也已兩年有餘，每回晤面，僅止於心靈層面的接觸，從來兩人都不曾提到過其他有關男女方面的事，這也是梅里一方面背着丈夫在外面與伯康會面，而一方面却又諒解自己此種在外不守婦節的行爲。至少我沒有踰越規矩，她常常這樣想。

這個時候梅里想叫，可是伯康好像有股巨大的魔法般，直逼得她呼吸顯得相當困難，在她還沒有完全適應這種突發事件之前，她想掙扎不是唯一的辦法。於是，她想暫時緩和眼前的氣勢，她儘量使自己鬆馳緊張的肌肉，她努力的尋找話題。

「伯康，伯康，你今天是怎麼啦?!」梅里强自抑制驚懼，儘量想像伯康往昔善良的一面。

「梅里，求求妳，答應我，就這麼一次，好嗎？梅里，求求妳。」伯康近乎哀求的聲音，手並且不住的搖晃着梅里。

「你說，你說，你到底要我怎麼樣?!」

伯康箍住梅里雙肩的手絲毫也沒有放鬆的意思，同時他脚底正緩緩的向臥室那邊移動。梅里意識到事態已經到了非自己的强自抑制所能改善的地步，除了儘量保衞自己之外，任何外力的支援在這間辦公室裏，是百分之百地無望了。

進了臥室，伯康急促地扳落梅里上衣的第一顆鈕釦，迅速的動作使梅里來不及防範，高聳的乳峯像怒放的花朵，梅里驚慌地想要抓起什麼往上身掩蓋，而她伸出去的手總是落空。伯康貪婪的眼神不停地打量眼前的珍品，臉上却是現出神聖不可侵犯的嚴肅，好似欣賞一件稀世的藝術品那般地虔誠，那般地聚精會神，也不管梅里頻頻揮動雙手在抗拒什麼，甚至於她低低地哭泣，他也渾然不覺。

「呵！我至愛的維納斯，我美麗的維納斯，妳終於讓我找到妳了，讓我永遠擁抱妳，維納斯女神呵！妳終於讓我看見妳了，請受我眞誠的一吻。」伯康俯下身去，在梅里的乳溝間輕輕地吻了一下。

梅里只覺得天地間萬物俱停止恆常的運作，生理上與韋恩在一起時所沒有的感受此刻竟呈現微妙的浪潮，她不明白自己怎麼沒有任何的反抗意識，她滿於現在這種微微觸電後的快感，她閉上雙眼，嘴角稍稍向上仰，她似乎在期待什麼？她集中聽力想聽聽任何隨時都可能發生的聲響。

而她什麼聲音也沒聽到，朦朧間她彷彿看見韋恩憤怒的臉容，而且一步緊逼一步地向前壓逼而來，嘴裏淒楚地叫嚷：「我什麼地方對不起妳，我什麼地方對不起妳。」

突然，一陣雷響由大廈的玻璃窗外「轟隆」傳來，而且還夾着尖銳的霹靂，她好似從惡夢中驚醒那般，張開眼睛，眼前的一切使她渾然不知自己置身何處，再看看上半身赤裸的身體，伯康正愣愣地站在床前，對於如此的突發事件現出迷惑不解的神色，他正要說什麼。

「你這野人——」憤怒的吼叫隨着一記「啪——」的動作。「梅里——梅里——聽我說。」伯康叫喚的聲音失去了平日的穩定。

梅里已經奪門而出，手上抓着上衣毫無秩序的往身上穿，打開辦公室的門，走出太平洋大廈，天氣一如來時那麼躁熱，「××服飾設計補習班」的招牌在艷陽下顯得萎縮無奈。梅里匆匆往回家的路上走，晚上韋恩回來告訴他，服飾設計補習班不招生了，一陣涼風迎着雙頰吹來，梅里輕鬆的哼着小調。

夫篇

在這個幽暗的角落裏已經靜靜地等了兩個多小時了，電子琴演奏者也已經換了兩個人了，還不見相約見面的人來。韋恩眞的有點耐不住性子了，本想就此離坐而去，可是又怕剛剛離去她就來了，就這樣等下去罷，在這裏耗着總比回到家裏好。與梅里結婚都快十年了，彼此生活還算美滿，從來就沒有過誰不滿誰的現象發生。可是，最近好像情況有點改變，是不是自己在外面的事被她知曉了。

昨晚竟然爲了服飾設計補習班補習的事嘔了一晚的氣，甚至於睡覺時同她講話也不理不睬的，對於這種芝蔴綠豆的小事，韋恩是不覺得怎麼樣，但女人家的心眼總是比較多，只爲了自己有一點點的意見她竟然發瘋的吼叫起來。

「不要以爲我怕你啊！問你是表示尊重你，你少往自己臉上貼金啊！」

「我又沒說不准妳去，妳這個人怎麼搞的，老往牛角裏鑽。」

「不管准不准，反正明天我是鐵定要去的。」

「那就好了嘛，還有什麼好說的。」

之後是一連串的沉默，任韋恩怎麼說盡好話，就是得不到她的回答。這也是促成今天韋恩之所以約湘雲的原因，或者僅只是找個藉口罷，打從上一次兩人發生激烈的衝突之後，就不曾打過電話給她，難怪接到電話，她要驚異地說：

「咦！是什麼風使你想要找我的呀！」聽她口氣好像前嫌盡釋。

「湘雲！不要這麼說嘛！其實我天天想見妳嘢！」

「哼！騙鬼。」

嬌嗔的聲音從聽筒裏傳來顯得格外悅耳，昨晚的不愉快，使得他在這個時候潛意識裏愈發起了抗拒的作用，妳梅里有啥了不起，要女人多的是，寂寞了一通電話萬事ＯＫ。

「今晚七點半老地方見，怎麼樣？」

「好哇！七點半老地方見。」

湘雲，一個傳奇性的女人，韋恩與她認識在逢場作戲的場合裏，她受過高中敎育，對於自己從事的職業滿足而不自卑。韋恩沒有特別吸引她的地方，只是兩人較爲談得攏。韋恩把她視爲生命裏除了梅里之外的第一個女人，他把在梅里身上得不到的感情企圖在湘雲的身上獲得，而湘雲只當他是有錢的大老闆，放長線釣大魚。

一支煙連續一支煙的等下去，在一明一滅的星火中韋恩的思想隨煙霧無邊的追索；他思考著許多以前不曾想過的任何問題，在這之前他沒有充裕的時間去思想。等人的滋味難受，而此刻他竟覺得等人何嘗不是另外一種享受。

拿湘雲來說罷，自從認識她以來，一直不曾仔細地去分析她，雖然彼此之間的開始肇因於金錢交易的緣起，但這其間也不無感情存在，即使梅里在他心目中的地位仍然一成不變，或者是由於純是一種金錢上的交易行爲，他一點也沒有自責的意思，反而心安理得自沉其中。

而湘雲的需索，對於有豐富收入的現在還不致於受到多大的影響，何況梅里並不全然知曉他除了常薪之外的收入到底有多少，這最起碼已經充裕地維持了支出的部份。

初爲湘雲的氣質迷惑，他眞不相信自己的眼睛會有如許精準的判斷，可能是她一次次超脫的表現，却又不容否認這判斷是絕對正確。雖然，她在談吐之間仍流露出粗野的本性，但他並不認爲那是不得體的應對，或者那就是所謂「情人眼中出西施」罷，情人，除了梅里似乎再沒有第二個情人了。那晚他帶着疲憊的身子返家，內心浮昇無比的歉疚，他後悔認識她，但又禁不住她的誘惑。

時間在等待的心情中過得特別慢，九點半，掛鐘明白的標示現在的時刻，附近的坐位一批一批的已經換了好幾位顧客，電子琴又恢復演奏，女歌手站在琴旁正聲嘶力竭的演唱，歌聲傳遍每個角落，人們相互低垂着頭在耳語什麼，服務生忙碌的穿梭在座位之間，他竟發現自己是這世界裏最悠閒的人。

櫃台那邊播音小姐播放着來賓電話，韋恩豎耳傾聽，一次又一次的失望使他再也沒有希望的勇氣。是不是那一次的衝突勾引了她內心裏的不愉快，致使今晚不來赴會了，韋恩如此思量，衝突的往事清晰的湧上來。

上兩個月的一個午後，韋恩夾着公事包匆匆地來到湘雲住的公寓裏，這是約好的特殊見面的時間，也是例行性的約會之外的附屬約會，韋恩奉了湘雲的電話之後，一刻也不敢停留的急急忙忙趕來了。開開門湘雲在臥室裏，剛剛睡醒的樣子，手錶指着三點午夢方酣的時候。

「韋恩，進來嘛！人家有話告訴你。」湘雲也不理會韋恩這一趟來得有多匆忙。

「湘雲，這麼匆匆忙忙的找我來，什麼要緊事？」韋恩放下公事包額頭還在淌着汗水。

湘雲點上一支煙竟自呑雲吐霧起來，睡袍裏面隱約可見不著一絲半縷的胴體，韋恩走進浴室裏，扭開水龍頭讓嘩啦嘩啦的水消消滿頭滿臉的暑氣。

「難道一定要有什麼事才可以叫你來嗎？你知道這一趟有多久沒來看我了嗎？」湘雲慵懶的伸直身子，靠在床頭的姿勢依然未變，說話的聲音有些氣憤。

「我又沒有要你請假。」

「不請假行嗎？不假外出，飯碗都要砸了。」

「反正我知道你最近對我的態度完全改變了，我知道你後悔跟我在一起。」

「看你又扯到那兒去了，我什麼時候對妳不好啦？有那一次不是妳要什麼給什麼的。」

「那上一次我們談結婚的事，你怎麼到現在還沒有一點消息給我？」

「與梅里離婚的事一直不敢開口。」

「我就知道你心裏根本就沒有我，只知道你的梅里，梅里，我那一點比她差嘛？你說，你說。」

「話不是這麼說，我們總是夫妻嘛，一下子要我無緣無故的提出無理要求，叫她怎麼受得了。」韋恩溫和地解釋。

「她受不了，難到我就受得了。」

「委曲一點好嗎？湘雲，過一段時間讓我再想其他的辦法。」

「不管啦！這星期之內如果還是沒有辦法解決，我們之間的事就此一刀兩斷。」

韋恩也不明白湘雲，究竟發的那門子脾氣，看她平日那豪氣干雲的樣子，而且從來也不曾想過這一層面的問題，事情的發展難道眞到了如此嚴重的地步，這兩個月以來一直沒有湘雲的消息，同時也不敢再主動的去找她，依照她的脾氣吃閉門羹是必然的。

再說梅里本來就是善良嫻淑的妻子，自己在外面亂來一通已經是很對不起她了，如今竟又無理的要提出離婚的要求，沒良心到這種地步，那一天眞要遭天打雷劈的。湘雲眞要爲了這件事而一刀兩斷他們之間的感情那也好，省精神上受折磨，這一打定主意，就是兩個多月沒互通聲息，今天的約會是對不對？韋恩也不曾想到湘雲會答應得如此乾脆，而現在人還不來，離開約定的時間快三個鐘頭了。

沒有理由再這裏耗下去的，但既然約了人家讓她撲空回去說什麼也交待不過去。梅里在家一定等得急了，沒有告訴她今天的行踪，昨晚的不愉快不知是否已經煙消霧散了？應該回去了，或者再等下去？

韋恩不定的心緒左右爲難，女歌手正在整理歌本，電子琴的演奏也歇息了，服務生怪異的眼神不住的打量他，眼前的飲料也已杯底朝天，服務生又一次地換了煙灰缸，看看錶十點卅分，時間在回憶中竟自溜逝得這般快速。

似乎一種被欺騙的憤懣，有一次也被梅里欺騙過，害得他在淒風苦雨的車站足足等了她四個多小時，受損的尊嚴久久不能平復，不因對方任何解釋而有所改變對這件事情的憤怒，後來雖然不得不屈服在愛情的魔力下，但有時候回想起來仍會忿忿的替自己抱不平。

一個打扮入時的女子在門口出現，東張西望的，像在尋找某一目標，韋恩緊張的站起來，以爲這回穩定是湘雲來了，失望的心情使他回坐的力量加重了些，前坐的客人紛紛回過頭來探看究竟，眼神裏透露着厭惡與不屑。

自己是否對這份感情太過認眞了，與他無話不談的小鄭曾經鄭重的警告過他：

「韋恩哪！對於女人不要存有過多的幻想，尤其在歡場中混的女人。」

「唉！你不明瞭啦！你看到的只是膚淺的一面，她們也有她們的內在，不要一竿子打翻一船人好不好？」

「反正現在跟你講什麼都沒有用，人家說什麼『戀姦情熱啊?!』韋恩動氣了。

心裏明知小鄭是一番好意相勸，而聽在耳裏却好像有一股排斥的力量，也許他講得一點不錯，是戀姦情熱罷！但自己絕不致於粗鄙若此，那只是金錢交易啊！內心的衝撞形成一堵堅固的城牆，任何外來的力量也無能撞破它。

梅里是無辜的哪！不止一遍的在爲她喊冤，十年的共同生活，除了前幾年的愜意幸福之外，這兩年來，並沒有帶給她任何精神上的安慰，雖說沒有動輒打罵，心靈的壓逼比任何外力的打擊更加痛苦。曾經深自檢討應該早早結束這一段不正常的野食，湘雲的魅力却幾番折騰之間逐漸在他心裏形成不可磨滅的誘惑，曾經兩個人在一起討論彼此的去路，除了金錢的成份之外，湘雲多少也動了眞情，最近一次爭吵的焦點可以完全證明她認眞的態度已全然超出一切可以計價的東西。

然而湘雲對於愛情的執著，却使韋恩不得不重新審視眼前這一位以金錢爲基礎而認識的女人，那次深刻的談話直至今天他還深深刻劃在記憶中。

「韋恩，不要以爲出賣靈魂的女人就不是女人。」

「沒有，我從來都不會這麼以爲過，對妳我有十二萬分的敬意。」

「因此，我請你以後跟我在一起時，不要拿金錢來秤量我。」

「可是，這樣才可以消除我內心的罪惡感。」

「跟我在一起眞是一種罪惡嗎？」

「至少在妻子面前是一種道德的潰敗。」

「那你就當做我是自己心甘情願的罷。」

「對於我妳有幾分的認識，敢於替自己下這麼大的賭注。」

「我不認爲愛情是一場賭局，我也不把自己當做籌碼，以前愛情在我生命裏是奢望，現在既然讓我有了這個機會，你想我會輕言放棄嗎？」

「爲了我，不値得做這般犧牲的，湘雲，妳還有妳的幸福遠景。」

「爲了愛，我已經付出一切，只有愛才是眞實的。」

這已經是很久以前的事了，在還沒有發生爭執以前。看來她眞的是爲了愛準備做任何重大的犧牲了，面對這麼一個敢愛敢恨的女人，韋恩矛盾的心理使他的道德觀念有了較深一層的改變，而家庭的倫理觀念却一直是他傳統的規矩。

「來賓韋恩先生櫃枱有您的電話。」

麥克風終於傳來自己的名字，韋恩快步邁向櫃枱，抓起聽筒，他鐵青着臉一句也不說，幽暗的燈光照射着他的臉龐更加可怖，櫃枱小姐奇怪的眼神望着他。然後他重重地摔下聽筒走回座位，十一點卅分，夜已經過去了快三分之一。

離開這個七點半見面的老地方，韋恩竟好久都不曾這般輕鬆的吐了一口大氣。快要到家的路上，遠遠的看見燈光還亮着，他加快了步伐，吹着口哨，星光在夜風裏閃爍着俏麗，一陣溫暖自心底昇起，他感覺到從來都沒有這般愉悅過。

一九八〇・八月廿七・廿八日刊新聞報

後記

企圖以小說的方式來表現人生的動態，於是選擇了小說的寫作。從「詩」到「小說」，這兩種表現方式完全不同的文學範疇裏，個人深自體悟到任何一種形式，無非是想將人生的遭際提昇至眞善美的境界。

鼓起我寫作小說的唯一原始助力乃是一股對人性的嚴厲譴責，人性之墮落到了今日已經成爲無藥可救的絕症。最終目的無非是將這些絕症一一揭露出來，讓它曝屍荒野，使人性的尊嚴抬頭、昂揚。惟至今尚未及於此，而如此倉促的將第一本小說集結集出版，忐忑之情與日俱增。

在小說寫作過程中，得感恩於亦師亦友的李喬兄的指引與鼓勵，沒有他的教誨與激厲，實在提不起寫作小說的勇氣，除了感激之外，只有埋首創作，以報李喬兄之厚愛。

集內收有中、短篇共十篇，其中一半以上業已發表於報刊雜誌，尚未發表的也一併收入，對個人而言實是一段心路歷程的存證。

以「旦」起始至「思想起」止這中間隔離了大約有一年的時間，同樣以老人爲背景，而寫作時的心境則大不相同。對於老人總是存有深深的敬意，但願以文字來描繪我所敬愛的長輩們，該不會是無禮的褻瀆。

感謝文欽；使我敢於面對廣大的小說讀者群。

陌上塵 一九八〇、八、五於鳳山

滄海叢刊已刊行書目(四)

書名	作者	類別
清真詞研究	王支洪	中國文學
宋儒風範	董金裕	中國文學
紅樓夢的文學價值	羅盤	中國文學
中國文學鑑賞舉隅	黃慶萱 許家鸞	中國文學
浮士德研究	李辰冬譯	西洋文學
蘇忍尼辛選集	劉安雲譯	西洋文學
文學欣賞的靈魂	劉述先	西洋文學
音樂人生	黃友棣	音樂
音樂與我	趙琴	音樂
爐邊閒話	李抱忱	音樂
琴臺碎語	黃友棣	音樂
音樂隨筆	趙琴	音樂
樂林蓽露	黃友棣	音樂
樂谷鳴泉	黃友棣	音樂
水彩技巧與創作	劉其偉	美術
繪畫隨筆	陳景容	美術
藤竹工	張長傑	美術
都市計劃概論	王紀鯤	建築
建築設計方法	陳政雄	建築
建築基本畫	陳榮美 楊麗黛	建築
中國的建築藝術	張紹載	建築
現代工藝概論	張長傑	雕刻
藤竹工	張長傑	雕刻
戲劇藝術之發展及其原理	趙如琳	戲劇
戲劇編寫法	方寸	戲劇

滄海叢刊已刊行書目（三）

書名	作者	類別
野草詞	韋瀚章	文學
現代散文欣賞	鄭明娳	文學
藍天白雲集	梁容若	文學
寫作是藝術	張秀亞	文學
孟武自選文集	薩孟武	文學
歷史圈外	朱桂	文學
小說創作論	羅盤	文學
往日旋律	幼柏	文學
現實的探索	陳銘磻編	文學
金排附	鍾延豪	文學
放鷹	吳錦發	文學
黃巢殺人八百萬	宋澤萊	文學
燈下燈	蕭蕭	文學
陽關千唱	陳煌	文學
種籽	向陽	文學
泥土的香味	彭瑞金	文學
無緣廟	陳艷秋	文學
鄉事	林清玄	文學
韓非子析論	謝雲飛	中國文學
陶淵明評論	李辰冬	中國文學
文學新論	李辰冬	中國文學
離騷九歌九章淺釋	繆天華	中國文學
累廬聲氣集	姜超嶽	中國文學
苕華詞與人間詞話述評	王宗樂	中國文學
杜甫作品繫年	李辰冬	中國文學
元曲六大家	應裕康 王忠林	中國文學
林下生涯	姜超嶽	中國文學
詩經研讀指導	裴普賢	中國文學
莊子及其文學	黃錦鋐	中國文學

滄海叢刊已刊行書目（二）

書名	作者	類別
印度文化十八篇	糜文開	社會
清代科學	劉兆璸	社會
世界局勢與中國文化	錢穆	社會
國家論	薩孟武譯	社會
紅樓夢與中國舊家庭	薩孟武	社會
財經文存	王作榮	經濟
財經時論	楊道淮	經濟
中國歷代政治得失	錢穆	政治
先秦政治思想史	梁啓超原著 賈馥茗標點	政治
憲法論集	林紀東	法律
黃帝	錢穆	歷史
歷史與人物	吳相湘	歷史
歷史與文化論叢	錢穆	歷史
精忠岳飛傳	李安	傳記
弘一大師傳	陳慧劍	傳記
中國歷史精神	錢穆	史學
中國文字學	潘重規	語言
中國聲韻學	潘重規 陳紹棠	語言
文學與音律	謝雲飛	語言
還鄉夢的幻滅	賴景瑚	文學
葫蘆・再見	鄭明娳	文學
大地之歌	大地詩社	文學
青春	葉蟬貞	文學
比較文學的墾拓在臺灣	古添洪 陳慧樺	文學
從比較神話到文學	古添洪 陳慧樺	文學
牧場的情思	張媛媛	文學
萍踪憶語	賴景瑚	文學
讀書與生活	琦君	文學
中西文學關係研究	王潤華	文學
文開隨筆	糜文開	文學
知識之劍	陳鼎環	文學

滄海叢刊已刊行書目(一)

書名	作者	類別
中國學術思想史論叢(一)(二)(三)(四)(五)(六)(七)(八)	錢穆	國學
兩漢經學今古文平議	錢穆	國學
湖上閒思錄	錢穆	哲學
中西兩百位哲學家	鄔昆如 黎建球	哲學
比較哲學與文化	吳森	哲學
比較哲學與文化(二)	吳森	哲學
文化哲學講錄(一)	鄔昆如	哲學
哲學淺論	張康譯	哲學
哲學十大問題	鄔昆如	哲學
老子的哲學	王邦雄	中國哲學
孔學漫談	余家菊	中國哲學
中庸誠的哲學	吳怡	中國哲學
哲學演講錄	吳怡	中國哲學
墨家的哲學方法	鍾友聯	中國哲學
韓非子哲學	王邦雄	中國哲學
墨家哲學	蔡仁厚	中國哲學
希臘哲學趣談	鄔昆如	西洋哲學
中世哲學趣談	鄔昆如	西洋哲學
近代哲學趣談	鄔昆如	西洋哲學
現代哲學趣談	鄔昆如	西洋哲學
佛學研究	周中一	佛學
佛學論著	周中一	佛學
禪話	周中一	佛學
公案禪語	吳怡	佛學
不疑不懼	王洪鈞	教育
文化與教育	錢穆	教育
教育叢談	上官業佑	教育